Yishu Shejilei
Shiyiwu GuihuaJiaocai
现代 艺术设计类"十一五"规划教材

CorelDRAW

图形设计经典案例详解

主编　徐令　金旭东

副主编　张轶　余维君　马娜娜

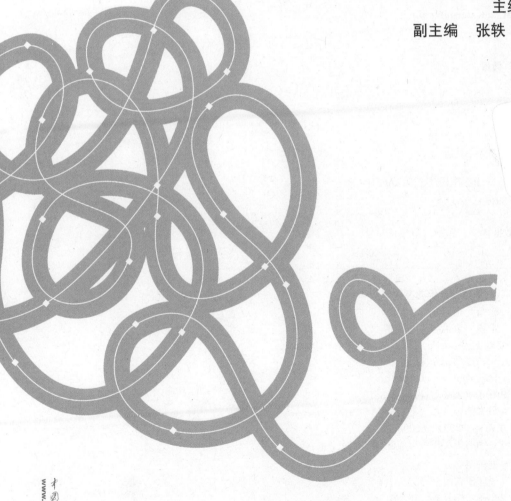

中国水利水电出版社

www.waterpub.com.cn

内容提要

本书是一本关于CorelDRAW矢量图软件的实用案例教材。本书采用初级工具运用与高级技法效果相结合的形式进行编写，其内容涉及到CorelDRAW的基本概念、绘图工具的运用和设置方法、各种基础特效的实现以及文本工具的处理等多种功能。此外，书中还介绍了CorelDRAW X3的许多新特性。

本书以软件学习者为中心，设计了大量的案例，讲解中融入了作者在实践中积累的各种创作思路、软件操作技巧以及平面广告、企业标志、工业产品、室内装饰等诸多知识要点；通过案例分解步骤使内容由浅入深、连贯性增强，并配以精美的步骤详图，逐步教会读者各种图形的绘制方法和技巧，使读者在设计的过程中游刃有余。

本书图文并茂，语言精练概括，通俗易懂，结构安排从易到难，步骤分解深入浅出。可供大中专院校师生、图形图像工作者、网页设计者以及各种软件培训班师生学习使用。

责任编辑 李 亮 010-88378624
　　　　　　 LeeL @waterpub.com.cn

图书在版编目（CIP）数据

CorelDRAW 图形设计经典案例详解/徐令，金旭东主编.
北京：中国水利水电出版社，2009
现代艺术设计类"十一五"规划教材
ISBN 978-7-5084-6178-6

Ⅰ.C… Ⅱ.①徐…②金… Ⅲ. 图形软件，CorelDRAW—高等学校—教材 Ⅳ.TP391.41

中国版本图书馆CIP数据核字（2008）第204583号

书　　名	现代艺术设计类"十一五"规划教材 CorelDRAW 图形设计经典案例详解
作　　者	主 编　徐令　金旭东 副主编　张轶　余维君　马娜娜
出版发行	中国水利水电出版社（北京市三里河路6号　100044） 网址：www.waterpub.com.cn E-mail：sales@waterpub.com.cn 电话：(010)63202266(总机)、68367658(营销中心)
经　　售	北京科水图书销售中心（零售） 电话：(010)88383994、63202643 全国各地新华书店和相关出版物销售网点
排　　版	北京迪奥雅讯图文设计中心
印　　刷	北京鑫丰华彩印有限公司
规　　格	210mm×285mm　16开本　10.25印张　289千字
版　　次	2009年2月第1版　2009年2月第1次印刷
印　　数	0001—4000册
定　　价	38.00 元

本书编委会

主　　编：徐　令　　金旭东

副主编：张　轶　　余维君　　马娜娜

参编人员：黄　寅　　宋维堂　　吴　杰　　冯明兵　　魏鸿飞

陆　飞　　赵　婧　　何召锋　　陆　泉　　颜文明

金　龙　　冯　鹤　　韩　洁　　白松楠

前言

　　CorelDRAW是集矢量插图、版面设计、位图编辑以及绘图工具等多种功能的图形设计应用软件，CorelDRAW的开发与设计旨在满足当今专业图形设计人员进行平面广告设计、企业标志设计、工业产品设计、网页图形创作和印刷出版时的需求。它为设计人员的工作带来了更多的便利。尤其是在矢量绘图方面具有的强大功能，使CorelDRAW成为矢量绘图的首选软件。使用CorelDRAW可以轻而易举地创作出非常美妙的专业设计作品。

　　目前，市场上关于CorelDRAW软件的教材不在少数，优秀的教材却很缺乏。随着CorelDRAW软件的版本不断的更新，其功能也越发变得强大，更多的CorelDRAW新老读者迫切地需要一本制作精良、易学易懂、内容系统、案例精彩的教程。我一直是CorelDRAW的用户，也担任多年CorelDRAW软件的教学工作，积累了许多CorelDRAW的精彩案例，对整个CorelDRAW的发展都很了解，同时也想将CorelDRAW软件的运用发挥到极致。希望通过这本案例教材能够一同与广大的CorelDRAW读者交流使用心得，也希望这本教材能够对CorelDRAW学习者有所帮助。

　　根据读者的学习规律，本书分为两大部分：基础部分和实例部分。在基础部分我们主要介绍了CorelDRAW的基本操作界面、基本工具运用、新工具特性等基础知识要点；而在实例部分主要通过"知识要点"、"解析过程"、"步骤分解"这三个环节来详细讲解案例，全书共24个案例，涉及广告设计、印刷画册、企业标志、工业造型设计、室内平面布置等诸多领域，使读者充分领略到CorelDRAW的强大功能，并希望通过生动的效果调动读者的兴趣。介绍完案例的操作方法后，又精心地为读者设置了一些思考与练习题，读者可以通过这些思考与练习题，巩固每章所学知识。

　　总之，编写本书的目的，就是将这本书写成一本对读者真正有益的自学教程，让读者通过本书学习到设计的基本方法和使用技巧，并喜欢上CorelDRAW这个多姿多彩、功能强大的图形处理软件。

　　在本书的编写过程中，张光磊、徐丹、梁雨婷、林于路、华娇、张倩倩、王倩、周敏、武婷、刘霞、董艳洁、范晓菁、冯若寒、陈家圆、林飞翔、宋克华、钱振来、印厚盼等同志在整理材料方面给予很大的帮助，在此一并致以感谢！

　　由于时间仓促，加之笔者的水平有限，缺点和错误在所难免，恳请专家和广大读者不吝赐教，批评指正。

编　者

2008年12月

目　　录

前言
第1章　认识CorelDRAW ……………………………………………………………………1
　1.1　CorelDRAW 简介 ……………………………………………………………………1
　1.2　CorelDRAW X3的新特性 ……………………………………………………………2
第2章　CorelDRAW基础知识 ………………………………………………………………4
　2.1　CorelDRAW的启动与退出 …………………………………………………………4
　2.2　熟悉CorelDRAW X3的工作界面 ……………………………………………………6
　2.3　电脑平面设计常识 ……………………………………………………………………10
　2.4　CorelDRAW的打印与输出 …………………………………………………………13
　2.5　平面广告设计工作流程 ………………………………………………………………18
　2.6　上机练习 ………………………………………………………………………………18
　2.7　习题 ……………………………………………………………………………………19
第3章　基本工具特效 …………………………………………………………………………20
　3.1　邮票制作 ………………………………………………………………………………21
　3.2　霓虹灯文字效果 ………………………………………………………………………25
　3.3　交互式变形效果 ………………………………………………………………………28
　3.4　波浪字立体化效果 ……………………………………………………………………31
　3.5　拓纹字卷页效果 ………………………………………………………………………35
　3.6　珍珠字效果制作 ………………………………………………………………………37
　3.7　上机练习 ………………………………………………………………………………41
第4章　图文排版设计 …………………………………………………………………………42
　4.1　企业名片设计 …………………………………………………………………………43
　4.2　展览请柬设计 …………………………………………………………………………46
　4.3　企业信封设计 …………………………………………………………………………51
　4.4　书签设计 ………………………………………………………………………………56
　4.5　上机练习 ………………………………………………………………………………61
第5章　企业VI设计 …………………………………………………………………………63
　5.1　企业标志设计 …………………………………………………………………………64
　5.2　企业文化衫设计 ………………………………………………………………………69
　5.3　户外伞设计 ……………………………………………………………………………71
　5.4　茶杯、纸杯的设计 ……………………………………………………………………75
　5.5　企业交通工具的设计 …………………………………………………………………78
　5.6　企业形象墙设计 ………………………………………………………………………84
　5.7　上机练习 ………………………………………………………………………………88
第6章　包装设计 ………………………………………………………………………………89
　6.1　"真滋味"果汁包装盒设计 …………………………………………………………89
　6.2　酸奶包装盒设计 ………………………………………………………………………98
　6.3　手提袋设计 ……………………………………………………………………………102
　6.4　上机练习 ………………………………………………………………………………105
第7章　室内设计表达 …………………………………………………………………………107
　7.1　简易家具设计：双人床绘制 …………………………………………………………108
　7.2　简易家具设计：组合沙发绘制 ………………………………………………………112
　7.3　室内平面图设计：三居室绘制 ………………………………………………………115
　7.4　上机练习 ………………………………………………………………………………128
第8章　创意设计表达 …………………………………………………………………………129
　8.1　手机产品海报绘制 ……………………………………………………………………129
　8.2　主题海报绘制 …………………………………………………………………………142
　8.3　上机练习 ………………………………………………………………………………154
参考文献 ………………………………………………………………………………………155

第1章

认识 CorelDRAW

Corel公司创于1985年，目前是加拿大最大的软件公司，也是个人应用程序、绘图及桌面排版软件的第二大销售商。它以其高质量的工具软件、PC绘图及多媒体软件在全球的图形软件和商业应用软件领域中处于国际公认的领先地位。尤其令Corel公司引以为荣的CorelDRAW优秀绘图工具，以其17种以上语言版本风靡全球，并且获得了超过215项国际性的大奖。

CorelDRAW是加拿大Corel公司推出的专业矢量图形设计制作工具软件，它融合了绘画与插图、文本操作、绘图编辑、桌面出版及版面设计、追踪、文件转换、高品质的输出等多种功能，并且在工业设计、产品包装造型设计、网页制作、建筑施工及效果图绘制等设计领域中得到了极为广泛的应用。

CorelDRAW是一套屡获殊荣的图形、图像编辑软件，它包含两个绘图应用程序：一个用于矢量图及页面设计；另一个用于图像编辑。这套绘图软件组合带给用户强大的交互式工具，用户只需进行简单的操作就可以创作出多种富于动感的特殊效果及点阵图像即时效果，并可以通过CorelDRAW的全方位的设计及网页功能融合到用户现有的设计方案中，灵活性十足。

CorelDRAW软件套装更为专业设计师及绘图爱好者提供简报、彩页、手册、产品包装、标识、网页及其他强大功能。CorelDRAW提供的智慧型绘图工具以及新的动态向导可以充分降低用户的操控难度，允许用户更加容易精确地创建物体的尺寸和位置，减少点击步骤，节省设计时间。

1.1 CorelDRAW 简介

1.1.1 Corel的产品简述

CorelDRAW X3设计软件包包括CorelDRAW X3插图、页面排版和矢量绘图程序、Corel Photo-paint X3数字图像处理程序、Corel R.A.V.E 3动画创建程序。这套软件包中当然也包括CorelTRACE X3和CorelCAPTURE X3。

为了使用户获得这套软件包的完全价值和能力，CorelDRAW X3提供了一个Lynda.com的训练CD。通过超过两个小时的视频内容，这套强力的培训程序帮助用户更加快速地适应新特性。

CorelDRAW X3设计软件包也通过其他软件提供给用户其他更加优越的软件程序，包括Bitstream Font Navigator 5.0（字体管理程序）、Microsoft Visual Basic for Applications 6.3、Kodak Digital Science Color Management System（柯达科学数字颜色管理系统），以及QuickTime 6.0 播放器。同时包括10000张专业的剪贴画、1000种TrueType and Type 1字体、1000张照片和物体，为设计师的创作增

添更多的方便。

　　"CorelDRAW X3是因为杰出和革新的特性为CorelDRAW图像程序赢得了一个长期的声誉。这套新程序包超越了以往人们看到的任何图像程序的水平。" CorelDRAW公司主管全球市场的首席执行官Brett Denly说，"CorelDRAW创意软件包回答了过去不可能完成的方法。她在设计师和工具中建立了更加深入的合作关系，提供了聪明的解释和用户需求的反馈。用户将直接的感受到产品独特的印象。"

　　CorelDRAW X3通过引入智慧的工具使快速创作的进程变得更加容易。这些新的工具，整合了节约时间和增强并改进了Corel富有盛名的文件兼容性。

1.1.2　CorelDRAW的应用领域

　　平面广告设计、商标设计、写意、艺术图形创作、产品包装设计、漫画创作、建筑施工与效果图绘制等。

1.1.3　其他与CorelDRAW相关的软件

　　（1）矢量绘图软件：Illustrator、FreeHand、AutoCAD等。

　　（2）位图图像软件：Photoshop CS、PhotoDraw等。

1.2　CorelDRAW X3的新特性

1.2.1　新的智慧型绘图工具

　　当一个设计师要表达一个草案时，希望得到一个快速专业的结果，而Corel专有的智慧型工具可以帮助用户完成工作。这个新的智慧型工具智能地自动识别许多形状，包括圆形、矩形、箭头和平行四边形。一方面它具有智能平滑曲线功能，能提供最小化完美图像的操作步骤；另一方面是节约时间，智慧型工具能够更好地操作自由线工具，轻松应用对称和平衡，使用户更加容易地建立完美形状，感觉速度像飞一样。

1.2.2　新的动态向导

　　CorelDRAW X3的新的动态向导提供了史无前例的控制水平，它允许用户建立形状、画线或者准确定位物体等操作并可一步完成。当动态向导打开后，临时向导出现在绘画的目标捕捉点上，提供自定义的分组标号，使用户能移动光标到合适的地方，释放在物体或文本上。当用户在文档中移动目标时，向导可自动改变，即时显示重要的信息，以便作出相应的调整。通过允许用户更加容易、精确地创建物体的尺寸和位置，减少点击步骤，节省了设计时间。

1.2.3　增强的捕捉目标工具

　　捕捉目标节省了用户重要的时间，用户在安排项目时可以快速精确地修改目标，并得到实时的鼠标捕捉物体区域反馈，包括节点、交叉点、中点、切线、垂直线、物体和线的边缘、中心、文本基线和可打印区域。

1.2.4　新的文本特性

　　在文本模式中，用户能看到更详细的字体类型属性，无限放大使预览和操纵文本变得非常容易。CorelDRAW X3中新的文本属性增强了文本排列定义，用户现在能像控制图形一样灵活地控制文本。

1.2.5 新的Unicode支持

CorelDRAW X3能让遍布世界的用户更容易地共享文件，无缝地将多国语言整合在同一个设计中，CorelDRAW X3软件包在使用时没有语言问题，统一编码允许用户存储超过65000个特殊字符，给用户一个宽松自由的语言使用范围。这意味着在任何系统中输入的文本都将被保留，包括英文、日文、中文、拉丁文、希腊文和其他语种。

1.2.6 新的导出Office特性

在CorelDRAW X3图像软件包中创作的绝妙图片可被容易地导出到Office文档当中。CorelDRAW X3图像软件包是办公组件的完美伙伴，它可轻松地进行预览和导入文本文件、幻灯片、电子表格文件，不必担心兼容性问题。它能智能选择最适合的图像格式（PNG、EMF或WPG）。CorelDRAW X3图像软件包同Micnsoft Office或Wordperfect Office一同工作，可帮助用户创建令人印象极其深刻的商业文档。

1.2.7 新的微量修饰笔刷

用户能轻松地为数字照片消除灰尘、划伤等瑕疵，并实时看到结果。这个微量修饰笔刷工具允许用户自定义步长的值。微量修饰笔刷提供了一个专用工具，可智能地移除图像、照片中不想要的区域。

第 2 章

CorelDRAW 基础知识

本章要点：

- CorelDRAW的启动。
- CorelDRAW 的退出。
- 熟悉CorelDRAW的工作界面。
- 电脑平面设计常识。
- CorelDRAW 的打印与输出。
- 平面广告设计工作流程。

随着科技的快速发展，计算机功能的日益强大，许多行业都需要制作一些宣传资料，如名片、信签、画册等。而CorelDRAW是目前应用最广泛的平面图形设计软件之一，它具有专业、实用和功能强大等特点，现已被应用于广告设计、印刷画册、企业标志、工业造型设计、室内平面布置等诸多领域。本章将介绍CorelDRAW的启动与退出、CorelDRAW的工作界面、电脑平面设计常识、平面设计工作流程、CorelDRAW的打印与输出等知识点，为学习本书打下坚实的基础。

2.1 CorelDRAW的启动与退出

在学习CorelDRAW之前，先来学习CorelDRAW的启动与退出，其方法有多种，下面将分别进行讲解。

2.1.1 CorelDRAW的启动

使用CorelDRAW之前，必须先安装CorelDRAW。安装前先购买CorelDRAW 9.0版本以上的安装光盘（目前CorelDRAW的最新版本为X3也就是CorelDRAW 13）然后将安装盘放入光驱，电脑将会自动运行安装程序，对于初学者可根据提示单击"下一步"按钮进行安装。

下面以CorelDRAW X3为例，介绍启动CorelDRAW的常用方法，有以下两种：

➢ 单击桌面左下方的 ⊞开始 按钮，在弹出的菜单中选择"所有程序/CorelDRAW Graphics Suite X3/CorelDRAW X3"命令。

➢ 双击桌面上CorelDRAW X3的快捷图标 ▨ 。

启动CorelDRAW X3后，弹出如图2-1-1所示的"欢迎访问CorelDRAW（R）X3"窗口。当鼠标指针指到窗口上的各个图标按钮时，将会出现相应的注释文字。各按钮的作用如下：

图 2-1-1 CorelDRAW X3的启动窗口

➢ █按钮：可以用当前软件默认的模板来新建一个图形文件。

➢ ⌕按钮：第一次使用CorelDRAW X3时该按钮显示为灰色不可用，当用户编辑过文件后下次启动时将显示这些文件名，单击便可快速地打开编辑过的文件。

➢ ⌕按钮：可以打开一个电脑中已存储好的CorelDRAW图形文件。

➢ █按钮：可以在打开的"根据模板新建"对话框中选择一个模板样式，以方便用户在该模板基础上进行设计。

➢ █按钮：可以打开CorelDRAW教程窗口，从中可以学习CorelDRAW X3的使用方法。

➢ █按钮：可以打开"新增功能"对话框，查看CorelDRAW X3的新增功能。

➡ 提示：

在图2-1-1中，若取消选中☑启动时显示这个欢迎屏幕复选框，在下次启动CorelDRAW X3时将不再打开该窗口，同时将自动建立一个新文件窗口。

2.1.2 CorelDRAW的退出

退出CorelDRAW X3的方法有以下几种：

➢ 单击CorelDRAW X3工作界面中标题栏右上角的"关闭"按钮 ☒。

➢ 选择"文件/退出"命令。

➢ 按Alt+F4组合键。

➡ 提示：

如果编辑的文件没有保存过，用户进行关闭操作后将打开如图2-1-2所示的保存询问对话框，单击 是(Y) 按钮将保存文件并退出CorelDRAW X3；单击 否(N) 按钮将不保存文件并退出 CorelDRAW X3；单击 取消 按钮，将放弃退出软件操作，可继续对图形进行编辑。

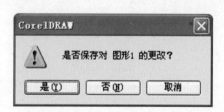

图 2-1-2 保存询问对话框

2.2 熟悉CorelDRAW X3的工作界面

熟悉CorelDRAW X3的工作界面对以后熟练地操作CorelDRAW X3有很大帮助，可以有效提高工作效率。下面将对CorelDRAW X3的工作界面进行介绍以及定制。

2.2.1 CorelDRAW X3的各个组成部分

如图2-2-1所示，CorelDRAW X3的工作界面主要由标题栏、菜单栏、标准工具栏、属性栏、工具箱、调色板、标尺、绘图页面、泊坞窗、页面控制栏、状态栏、滚动条等部分组成。

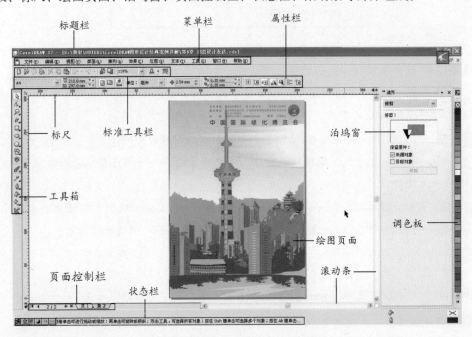

图 2-2-1　CorelDRAW X3的工作界面

1．标题栏

标题栏用于显示CorelDRAW程序的名称和当前打开文件的名称以及所在路径，单击标题栏右端的3个按钮可以分别对CorelDRAW窗口进行最小化、最大化/还原和关闭操作。

2．菜单栏

菜单栏包含了CorelDRAW X3的所有操作命令，如"文件"、"编辑"、"视图"、"版面"、"排列"、"效果"、"位图"、"文本"、"工具"、"窗口"和"帮助"等菜单项，熟练地使用菜单栏是掌握CorelDRAW X3的最基本要求。用户可以通过选择菜单栏中的相应命令来执行相关的操作。单击某一菜单项都将弹出其下拉菜单，如单击"编辑"菜单项，将弹出如图2-2-2所示的下拉菜单。

图 2-2-2　"编辑"菜单

➡ **提示：**

> 某些菜单命令后标有"▶"符号，表示该菜单命令还有下一级子菜单，用户可以选择其下一级子菜单中的命令来执行相应的操作。另外，菜单中呈灰色显示的命令表示当前的文件状态不符合执行该命令的条件，需要执行一些相应操作后才能使用。

3.标准工具栏

如图2-2-3所示，标准工具栏提供了用户经常使用的一些操作按钮，当用户将鼠标光标移动到按钮上，系统将自动显示该按钮相关的注释文字，如"新建"、"打开"、"保存"、"打印"、"撤销"和"重做"等。用户只需直接单击相应的按钮即可执行相关的操作。

图 2-2-3 标准工具栏

4.属性栏

属性栏用于显示所编辑图形的属性信息和可编辑图形的按钮选项，而且属性栏的内容会根据所选的对象或当前选择工具的不同而不同。用户可以通过单击其中的按钮对图形进行修改编辑。

5.工具箱

工具箱用于放置CorelDRAW X3中的各种绘图或编辑工具，其中的每一个按钮表示一种工具。将鼠标光标移动到工具按钮上不放，将会显示该工具的名称，从而方便用户认识各个工具。单击其中一个工具按钮，即可进行相应工具的操作。某些工具按钮右下角带有"▶"符号，则表示该工具包含有子工具，单击"▶"符号或按住显示的工具不放，即可弹出其展开工具条，如按住工具箱中的手绘工具 不放，将弹出其展开工具条 。

6.调色板

CorelDRAW 13窗口中的调色板在默认状态下位于工作界面的右侧，用于对选定图形的内部或轮廓进行颜色填充。在调色板中的一种颜色块上按住鼠标左键，将打开一列由该颜色延伸的其他颜色选择框，如图2-2-4所示。用户可以从中选择所需的颜色。

使用调色板填充图形的方法是：先选择图形对象，再单击调色板中所需的颜色块即可为图形填充上相应的颜色。如果要将选中图形的轮廓颜色填充为其他颜色，则右击调色板中所需的颜色即可。关于颜色的填充将在第4章中详细讲解。

图 2-2-4 调色板

☞ **技巧：**

> 若要取消图形对象内部的填充，则选中图形对象，再单击调色板中的⊠按钮；若要取消图形对象轮廓的颜色填充，则右击该按钮即可。

【例2-1】选择一个矩形，单击调色板中的红色颜色块，将矩形填充为红色。

操作步骤如下：

（1）单击工具箱中的矩形工具，将鼠标光标移到页面中，此时鼠标光标变为 形状，按住鼠标并拖动即可绘制出一个矩形。

(2) 单击工具箱中的挑选工具 ，在页面中单击矩形，即可选中矩形，如图2-2-5所示。

(3) 将鼠标移到调色板中并单击红色 ，如图2-2-6所示，即可将矩形填充为红色，效果如图2-2-7
　　所示。

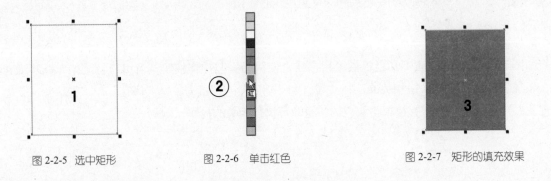

图 2-2-5　选中矩形　　　　　　图 2-2-6　单击红色　　　　　　图 2-2-7　矩形的填充效果

➡ 提示：

　　　单击调色板下方的 按钮，可以将调色板向下滚动，以便显示出其他更多的颜色块；若单击
其下方的 按钮，则可以显示出调色板中的所有颜色块。

7. 标尺

当用户需要将图形放置在精确的位置或缩放成固定的大小时，就会使用到标尺。标尺是精确制作图
形的一个非常重要的辅助工具，它由水平标尺和垂直标尺组成。在标尺上按住鼠标左键不放，并向绘图
页面拖动，可以拖出一条辅助线，关于辅助线的使用将在以后实例章节中详细介绍。

8. 绘图页面

绘图页面是指CorelDRAW X3工作窗口中带有矩形边缘的区域。只有此区域内的图形才能被打印出
来，所以用户如果要打印所制作的作品，要将其移到该区域内，根据需要可以在属性栏中设置绘图页面
的大小和方向。

9. 泊坞窗

泊坞窗是CorelDRAW X3中最有特色的部分，它提供了许多常用的功能，在默认状态下其停靠在屏
幕的右边。如选择"窗口/泊坞窗/造形"命令，将打开如图2-2-1所示的"造形"泊坞窗。

在泊坞窗中进行操作的同时，用户可以在页面中预览到效果，单击其下方相应的执行按钮可以执行操
作，极大地方便了用户进行制作。当用户打开多个泊坞窗后，除了当前泊坞窗外，其他泊坞窗将以标签的
形式显示在其右边缘，单击相应的标签可切换到其他的泊坞窗。另外，单击泊坞窗左上角的 按钮可以将
泊坞窗卷起，再单击 按钮可将其展开；单击右上角的 按钮可以关闭该泊坞窗。

10. 页面控制栏

在CorelDRAW X3中，一个文件可以存在多个页面。用户可以通过页面控制栏添加新页面，也可将
不需要的页面删除，并可通过页面控制栏查看每个页面的内容。

11. 状态栏

状态栏用于显示当前操作或操作提示信息，它会随操作的变化而变化，左边括号内的数据表示鼠标
光标所在位置的坐标。

12. 滚动条

当放大显示页面后，有时页面将无法显示所有的对象，通过拖动滚动条可以显示被隐藏的图形部

分。滚动条分为水平滚动条和垂直滚动条，如图2-2-1所示。

2.2.2 自定义工作界面

启动CorelDRAW X3后的工作界面是系统默认的界面，用户可以根据自己的需要来自定义工作界面中各工具栏的位置、状态和按钮大小、隐藏和显示等。

1．通过鼠标右键

在任意工具栏上右击，在弹出的快捷菜单中可以选择需要隐藏或显示的工具，这样可以让用户最大限度地使用绘图空间。

【例2-2】 使用鼠标右键将标准工具栏进行隐藏和显示。

操作步骤如下：

（1）在工作界面的标准工具栏上右击，在弹出的快捷菜单中选择"标准"命令，如图2-2-8所示。此时工作界面中的标准工具栏将隐藏。

（2）在工作界面上方的空白处右击，在弹出的快捷菜单中再次选择"标准"命令，则标准工具栏将显示出来。

➡ **提示：**

> 在CorelDRAW X3中，凡是在各栏前端出现控制柄时，都可对其进行拖动操作，从而将各栏放置在自己喜欢的位置。

图 2-2-8　隐藏和显示标准工具栏

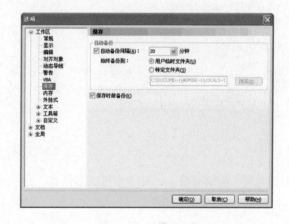

图 2-2-9　"选项"对话框

2．通过菜单命令

通过菜单命令也可以更加细致地设置CorelDRAW X3的各选项。选择"工具/选项"命令，打开"选项"对话框，如图2-2-9所示。对话框左侧为列表区，可选择所需的选项，单击 按钮可以展开下一级选项，然后在对话框右侧可设置该选项相应的参数。

【例2-3】 在"选项"对话框中选择"保存"选项，在右侧"自动备份"栏的文本框中将"自动备份间隔"设置为15分钟，并选中 用户临时文件夹(U)单选按钮。

操作步骤如下：

（1）选择"工具/选项"命令，打开"选项"对话框，选择左侧的"保存"选项，然后选中 自动备份间隔(A)：

复选框，在其右侧的下拉列表框中选择"15"。

(2) 在"始终备份到"中选中 ◉ 用户临时文件夹(U) 单选按钮，单击 确定(O) 按钮，用户以后在制作图形的过程中，系统将每隔15分钟自动备份一次文件到临时文件夹中，以免发生意外事件而丢失图形文件。

➠ 提示：

> 用同样的方法，用户还可以选择左边列表区中"自定义"选项下的"命令"、"调色板"和"应用程序"选项，然后在右侧分别自定义它们在工作界面上的按钮外观。

2.3 电脑平面设计常识

掌握电脑平面设计常识不仅可以更好地学习CorelDRAW，也是运用该软件制作平面作品的基础条件。在平面图像中，图像大致可以分为两种，即矢量图和位图。

2.3.1 矢量图

矢量图又称为向量图，它以数学的矢量方式来记录图像内容。它无法通过扫描或从一张Photo CD中获得，而主要在矢量设计软件中生成，如CorelDRAW和Adobe Illustrator等软件。矢量图中图形的组成元素称为对象，无论将矢量图放大或缩小多少倍都不会产生失真现象，如图2-3-1所示。

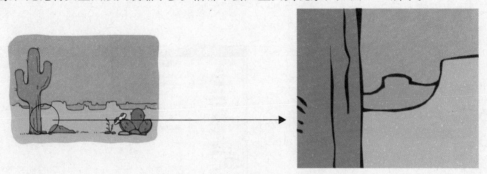

图 2-3-1 矢量图缩放前后对比效果

矢量图所占的容量较小，经常用于图案设计、文字设计、标志设计和版式设计等情况。但矢量图不能体现出绚丽多彩的图像效果。

➠ 提示：

> CorelDRAW不仅可以制作矢量图，也可导入位图并将其添加到矢量图中，还可将在CorelDRAW内创建的矢量图转换成位图导出，以便在其他程序中使用。

2.3.2 位图

位图是相对于矢量图而言的，又称点阵图。位图可通过扫描、数码相机获得，也可通过如Photoshop和CorelPHOTO-PAINT之类的设计软件生成。位图由许多像素组成，每个像素都能记录一种色彩信息，因此位图图像能表现出色彩绚丽的效果。另外，位图的色彩越丰富，图像的像素就越多，分辨率也就越高，文件也就越大。由于位图由多个像素点组成，因此将位图放大到一定倍数时就会看到像素点，产生失真现象，如图2-3-2所示。

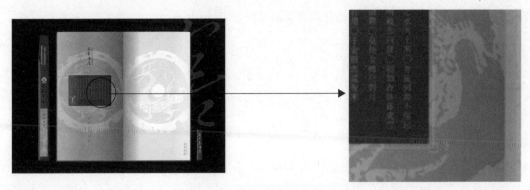

图 2-3-2 位图缩放前后对比效果

2.3.3 分辨率

分辨率是指图像单位长度上像素的多少。像素越多，图像越清晰。像素/英寸是分辨率的度量单位，也是一幅图像工作的度量单位。分辨率可指图像或文件中的细节和信息量，也可指输入、输出或者显示设备能够产生的清晰度等级。在处理位图时，分辨率的大小会影响最终输出文件的质量和大小。

2.3.4 文件格式

文件格式代表了一个文件的类型。不同的文件有不同的文件格式。通常可以通过其扩展名来进行区别，如扩展名为.cdr的文件表示CorelDRAW格式文件，而扩展名为.doc的文件表示Word格式文件。

✎ **注意：**

> 如果要生成各种不同格式的文件，需要用户在保存文件时选择所需的文件类型，然后程序将自动生成相应的文件格式，并为其添加相应的扩展名。

CorelDRAW是平面图形设计软件，而有时遇到要制作位图效果的图形文件时，则需要结合其他的设计软件来制作出更加精美的图像效果。在CorelDRAW中保存文件时，可以生成多种不同格式的文件，主要包括以下几种。

1.CDR（.cdr）格式

CDR格式是CorelDRAW软件生成的默认文件格式，它只能在CorelDRAW软件中打开。

2.TIFF（.tif）格式

TIFF图像文件格式可在多个图像软件之间进行数据交换，该格式支持RGB、CMYK、Lab和灰度等色彩模式，而且在RGB、CMYK及灰度等模式中支持Alpha通道的使用。

3.JPEG（.jpg、.jpe）格式

JPEG通常简称JPG，是一种较常用的有损压缩技术，它主要用于图像预览及超文本文档，如HTML文档。在压缩过程中丢失的信息并不会严重影响图像质量，但会丢失部分肉眼不易察觉的数据，所以不宜使用此格式进行印刷。

4.GIF（.gif）格式

GIF图像文件格式可进行LZW压缩，使图像文件占用较少的磁盘空间。该格式可以支持RGB格式、灰度和索引色等色彩模式。

5.BMP（.bmp、.rle）格式

BMP图像文件格式是一种标准的点阵式图像文件格式，它支持RGB、索引色、灰度和位图色彩模式，但不支持Alpha通道。以BMP格式保存的文件通常比较大。

2.3.5 色彩模式

色彩模式是将色彩用数据来表示的一种方式，正确的色彩模式可以使图形图像在屏幕或印刷品上正确地显现。CorelDRAW常用的色彩模式有RGB、CMYK、HSB、Lab、黑白、灰度和索引色等，而且各个色彩模式之间可以互换。

1.RGB模式

RGB模式是一种加色模式，由Red（红）、Green（绿）和Blue（蓝）3种颜色组成，通过这3种色光的组合可以形成更多其他的颜色。用户可按不同的比例混合这3种色光，获得可见光谱中绝大部分种类的颜色。

由于3种颜色各自都有256个亮度水平级，3种颜色相叠加就有$256 \times 256 \times 256 = 1670$万种颜色的可能，完全可以表现出绚丽多彩的世界，所以RGB模式也称真彩色模式。在生活中被最广泛地采用，如我们每天接触到的电脑显示屏即采用RGB颜色模式。

2.CMYK模式

CorelDRAW调色板中默认的色彩模式为CMYK模式，分别表示Cyan（青）、Magenta（品红）、Yellow（黄）和Black（黑）。相对于RGB模式的加色混合模式，CMYK的混合模式是一种减色叠加模式，它通过反射某些颜色的光并吸取另外一些颜色的光来产生不同的颜色。如果将四色油墨中的两种或两种以上的颜色相叠加，叠加的种类和次数越多，所得到的颜色就越暗，反射回的白色就越少，因此称之为减色法混合。

CMYK模式也称印刷色模式，是一种最常用的印刷方式，因为在印刷中通常都要进行四色分色再进行印刷。

3.Lab模式

Lab模式是一种国际色彩标准模式，该模式将图像的亮度与色彩分开。由3个通道组成，L通道是透明度，其他两个通道是色彩通道，即色相（a）和饱和度（b）。在Lab模式下，L通道的范围为0～100%。a通道为从绿到灰再到红色的色彩范围；b通道为从蓝到灰再到黄的色彩范围，这些颜色混合后将产生明亮的色彩，两者的变化范围均为$-120 \sim +120$。

4.HSB模式

HSB模式是根据颜色的色相（H）、饱和度（S）和亮度（B）来定义颜色的。其中，色相是物体的本身颜色，是指从物体反射进入人眼的波长光度，不同波长的光，显示为不同的颜色；饱和度又叫纯度，指颜色的鲜艳程度；亮度是指颜色的明暗程度。

5.索引色模式

索引色彩也称为映射色彩，它只能通过间接的方式创建，而不能直接获得。由于其图像是256色以下的图像，在整幅图像中最多只有256种颜色，一般只可当作特殊效果及专用，而不能用于常规的印刷。

6.黑白模式

黑白模式中只有黑和白两种色值，常见黑白模式的转换方式有50%限度（以50%为界限，将图像中大于50%的像素全变成黑色，小于50%的像素全变成白色）、抖动图像（将灰色变为黑白相间的几何图案）和误差扩散抖动（转换图像时，产生颗粒状的效果）3种。只有灰度模式和带有通道的图像才能直接转换为黑白模式。

7.灰度模式

灰度模式又称8比特深度图，它能产生256级的灰色调。将一个彩色文件转换为灰度模式后，所有的色彩信息将从文件中消失，不能将原来的颜色完全还原，所以要将文件转换为灰度模式时一定要谨慎。

和黑白模式一样，灰度模式的图像中只有明暗值，没有色相和饱和度这两种颜色信息，由它与黑白模式组成的图像就构成了精彩的黑白世界。黑白模式只有黑、白两种色质，而灰度模式则由0～255个灰度级组成。

2.4　CorelDRAW的打印与输出

通常在绘图之前，都要根据需要对所使用的打印机进行设置。选择菜单栏中的"文件"/"打印设置"命令，即可弹出如图2-4-1所示的"打印设置"对话框。单击"属性"按钮，可以打开如图2-4-2所示的对话框，用户可以根据自己的需要设置其参数。

图 2-4-1 "打印设置"对话框　　　　图 2-4-2 "属性—页面"对话框

2.4.1　打印预览绘图文件

当用户完成页面设置，调整好自己绘制的作品后，便可以考虑到打印的问题了。在打印之前，预览一下图形文件的最终打印效果是非常必要的。

1.在绘图视窗中预览可打印范围

当用户在完成作品的同时，就可以在绘图窗口中查看到作品的打印范围，这里配合"查看"菜单中的显示模式来对作品的整体打印预览效果进行查看，主要模式有简单线框模式、线框模式、草稿模式、正常模式和增强模式五种。

具体的效果差异请大家在以后的实践中学习比较。

2.启动打印预览

在CorelDRAW中开启打印预览，与其他软件基本相同。选择"文件"菜单下"打印预览"命令，就可以打开图形打印预览窗口了。用户可以在该窗口中预览图形文档的打印效果，如图2-4-3所示。

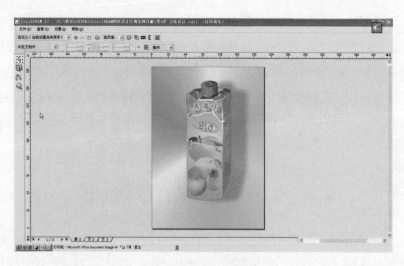

图 2-4-3　打印预览界面

3.关闭打印预览

打印预览的关闭通常有两种方式，既可以通过"文件"／"关闭打印预览"命令，同时也可以通过单击标准工具栏上的"关闭打印预览"按钮来关闭。

2.4.2　打印设置

在打印之前，还可以根据实际情况设置打印选项，如打印份数、打印范围、创建分色打印等。如果设备属于PostScript类型，还可以进行更为高级的设置，如优化渐变填充、指定字体和控制颜色的打印方式等。

1.常规打印设置

选择"文件"菜单下的"打印"命令，弹出"打印"对话框，进行常规设置，如图2-4-4所示。

其中，"打印范围"选项区中提供了几种打印的方式："当前文档"表示只打印当前页面的内容；"选定内容"表示只打印选中的文档内容；"页"表示可以指定打印页码的范围。"页"有以下几种范围："1"表示打印整个文档，如果文档有几个页面则显示为"1至几页"；"奇数页"表示打印页码为奇数的页面；"偶数页"表示只打印页码为偶数的页码。"副本"选项区可以设置打印的份数。

单击"打印"按钮，可以开始打印。

2.版面设置

"版面"选项卡如图2-4-5所示。

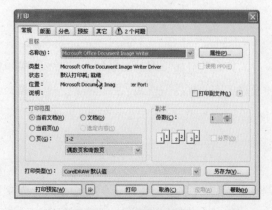

图 2-4-4　打印常规对话框

图 2-4-5　"打印—版面"对话框

如果要对文档打印进行精确定位以及设置出血，可以在这里实现。在该选项卡中允许将打印范围设置在文档中，还可以定位在文档中的某一位置或者通过数值进行设定。"打印平铺页面"是可以解决纸张比图像小的情况的一种打印方式，平铺图像可以将图像分别打印在几张纸上，各个图像之间有一定的重叠部分，这样在以后就可以准确地将它们拼凑成一幅完整的作品。"出血限制"可以设定出血的大小，数值用来设定在纸张的边缘可以产生多大的出血量，通过出血设置可以给印刷和裁边处理中的错误留下余地，一般出血设置可以设定在1/16~1/8英寸之间。"版面布局"可以将多个页面上的内容打印到一个页面上，例如选择"2×3"选项，可以将6个页的图形打印到一张页面上。

3.分色打印的设置

当作品最终要交付服务公司或印刷车间处理时，就要创建图像的颜色分色。在"打印"对话框中单击"分色"标签，调出"分色"选项卡，如图2-4-6所示。

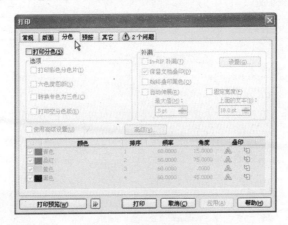

图 2-4-6　打印分色对话框

在"分色"选项卡的"选项"选项区中，可以根据需要设置分色的色版。如果用户的作品需要全色，则需要使用印刷色，也就是四色印刷（CMYK）：青色、品红色、黄色和黑色，通过一定的比例混合这4种颜色就可以得到最后的颜色效果了。同时，CorelDRAW X3提供了一种新型的印刷色——"六色度图版"模式，用6种不同的颜色（青色、品红色、黄色、黑色、橙色和绿色）的油墨来产生全色的图像。但需要注意：用户应和印刷公司协商是否应该使用这种模式。当应用"自动伸展"捕捉对象时，所有对象都得到捕捉，如果较淡的颜色应用到较深或较强的颜色上，就会产生颜色失真。为了避免这个问题，就要用到补漏选项了。如果始终使用黑色套印，只要选中"始终叠印黑色"选项就可以了。

4.预按设置

"打印"对话框的"预按"选项卡可以调整印前的部分调置，如图2-4-7所示。该选项卡为用户提供了纸张/胶片设置、注册标记、文件信息、裁剪/折叠标记、调校栏几个选项区设置。通过"纸张/胶片设置"的选择，用户可以选择以底片的形式还是镜像的形式打印文档："注册标记"可以帮助用户将分色打印的文档对齐，选择该项时，所选的打印纸要比在CorelDRAW X3中定义的打印纸大一些，因此可以将注册标记注册在图像的边界外："文件信息"允许用户打印包含文件信息的页面；当装订打印结果时，"裁剪/折叠标记"可以帮助用户截去不需要的部分；"调校栏"中的"颜色调校栏"选项可允许用户打印一个6种颜色的颜色条，印刷公司可据此校正颜色质量，"尺度比例"选项允许打印出一定范围的灰度色彩，可以利用显像密度计对这些灰度表示的颜色进行衡量来检查输出的一致性和质量。

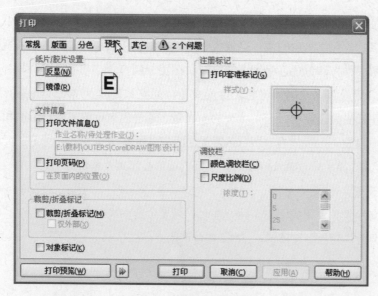

图 2-4-7　打印预按对话框

2.4.3　指定PostScript打印选项

当用户使用PostScript设备打印时，需要对其相关属性进行设定。选择"文件"菜单下的"打印"命令弹出"打印"对话框，在"名称"下拉列表框中选择"与设备无关的PostScript文件"选项，可以将"打印"对话框调整为PostScript特有的模式，如图2-4-8所示。

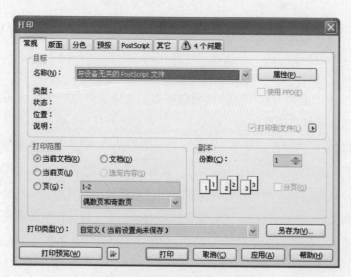

图 2-4-8　指定PostScript打印对话框

1.选择纸张大小和打印方向

单击"目标"选项区中的"属性"按钮，弹出打印机属性对话框。在"纸张大小"下拉列表框中系统提供了许多纸张大小模式，可以直接应用。当然也可以采用自定义的方式，在"宽度"和"高度"文本框中直接输入数值即可。

2.PostScript的选项设置

选择"打印"对话框中的PostScript选项卡，用户在此可以优化渐变填充、指定字体选项、控制位图颜色打印的方式。

PostScript选项卡主要分为兼容性、位图、字体、PDF标记几个选项区。需要注意的是另外的两个选项："自动增加光滑度"和"优化渐变填充方式"。当选中前者时，系统将自动增加中间步数，以免产生带状条纹，这样做可以保证打印质量，但要以牺牲时间为前提；后者是针对中间步数太多的渐变填充，选择该项后，系统自动减少渐变步数，即降低了对象的复杂程度，又保证了打印时间。

2.4.4 其它设置

在"打印"对话框中选择"其它"标签，可以调出杂项设置选项卡，如图2-4-9所示。

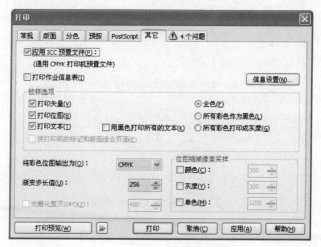

图2-4-9 "打印—其它"对话框

通过这个选项卡可以设置渐变步长值、图形输出模式、位图缩减像素采样设置、打印信息列表以及校样选项等。其中最为主要的是指定打印对象类型，即校样选项的设置，在该选项区中选取或者禁用相应的复选框，就可以设置打印类型。单击"应用"按钮将设置应用到文档中。

2.4.5 问题检查

CorelDRAW X3在打印输出前对文档中存在的问题进行最后的检查，"有无问题"选项卡中便显示了错误项目，如图2-4-10所示。

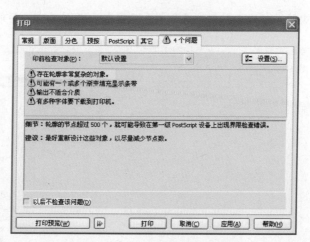

图2-4-10 "打印—问题"对话框

如果该选项卡显示无错误或者用户选择"以后不检查该问题"选项，则可以单击"打印"按钮进行打印输出。

2.5　平面广告设计工作流程

了解平面广告设计工作流程能使用户更好地使用CorelDRAW，制作出符合客户要求的作品。

（1）接受客户的要求，明确设计目标。

（2）进行图形构思、分析，在CorelDRAW中进行设计制作和拼版等。

（3）打印黑白或彩色初稿，给客户校对。

（4）客户返回校稿，按校稿修改图形文件。

（5）再次打印黑白或彩色校稿，让客户修改直到定稿。

（6）客户签字后出菲林、预按（印前）打样。

（7）送交印刷厂打样，若没有问题，即可进行作品的印刷。

2.6　上　机　练　习

本次上机操作将练习启动CorelDRAW X3、自定义工作界面和退出CorelDRAW X3，为以后更好地学习CorelDRAW X3奠定坚实的基础。对于其中有些本章中未涉及的知识，如"新建"图形文件，该知识点在以后实例章节中将详细讲解。

操作步骤如下：

（1）单击桌面左下方的 [开始] 按钮，在弹出的菜单中选择"所有程序/CorelDRAW Graphics Suite X3/CorelDRAW X3"命令，系统稍后将自动运行CorelDRAW X3。

（2）在打开的"欢迎访问CorelDRAW（R）X3"窗口中单击 按钮，将新建一个图形文件并进入CorelDRAW X3的工作界面，如图2-6-1所示。

（3）在如图2-6-1所示的工作界面中，将鼠标移至上方空白处右击，在弹出的快捷菜单中选择"状态栏"命令，如图2-6-2所示，工作界面下方的状态栏将隐藏。

（4）参照步骤（3）的操作方法，在弹出的快捷菜单中再依次选择"标准"、"属性栏"和"工具箱"命令，依次隐藏标准工具栏、属性栏和工具箱，此时工作界面的效果如图2-6-3所示。

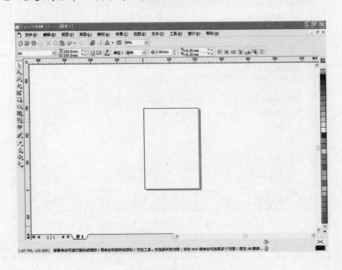

图 2-6-1　进入CorelDRAW X3的工作界面

图 2-6-2　选择命令

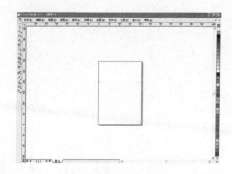

图 2-6-3　自定义工作界面

（5）若要退出CorelDRAW，只需单击CorelDRAW X3工作界面右上角的 ⊠ 按钮即可。

2.7　习　　题

（1）练习从"开始"菜单中启动CorelDRAW X3。

➠ 提示：

　　单击桌面左下方的 [开始] 按钮，在弹出的菜单中选择"所有程序/CorelDRAW　Graphics Suite X3/CorelDRAW X3"命令，系统稍后将自动运行CorelDRAW X3。

（2）自定义设置CorelDRAW X3的撤销步骤。

➠ 提示：

　　选择"窗口/选项"命令，打开"选项"对话框，在左侧的列表区选择"常规"选项，然后在右侧"撤销级别"栏下方的"普通"数值框中输入40。

（3）练习通过菜单命令退出CorelDRAW X3。

➠ 提示：

在打开的CorelDRAW工作界面中选择"文件/退出"命令。

第3章

基 本 工 具 特 效

本章要点：

- 结合艺术设计专业中广告设计部分学习CorelDRAW软件基本工具运用的特殊效果。
- 掌握基本工具的应用（本章涉及到文本工具、矩形工具、轮廓工具、贝塞尔工具、形状工具、填充工具、交互式变形工具，以及交互式立体化工具、交互式填充工具和交互式阴影工具等的运用）。

本章案例效果图如图3-0-1～图3-0-6所示。

图 3-0-1　邮票制作案例

图 3-0-2　霓虹灯文字效果案例

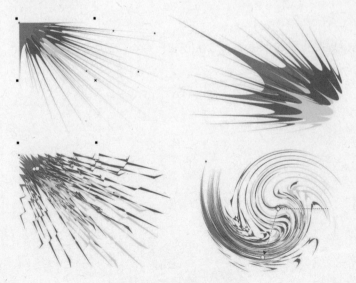

图 3-0-3　交互式变形效果案例

图 3-0-4 波浪字立体化效果案例

图 3-0-5 拓纹字卷页效果案例

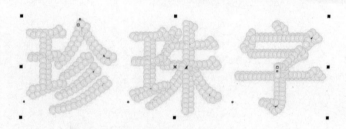

图 3-0-6 珍珠文字效果案例

3.1 邮 票 制 作

3.1.1 知识要点

在本节中，我们将学习邮票的绘制，需要掌握以下几个知识点。

- 矩形工具的使用。
- 椭圆工具的使用。
- 交互式调和工具。
- 对象颜色的填充和文本工具。
- 导入工具的使用。
- 交互式填充工具。
- 交互式阴影工具。

3.1.2 解析过程

第一步：利用矩形工具新建"邮票"尺寸30mm×40mm，然后设置页面的方向为横向，如图3-1-1所示。

第二步：利用椭圆工具绘制矩形四个角点椭圆，然后运用交互式调和工具分别对两两角点的椭圆进行调和处理，并将调和对象利用拆分工具将其进行拆分成独立元素，最后群组所有椭圆，如图3-1-2所示。

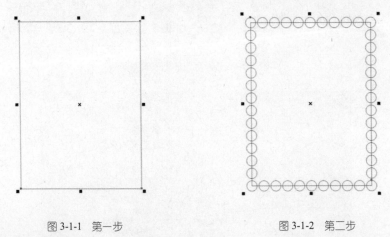

图 3-1-1　第一步　　　　　　　　　　　　　图 3-1-2　第二步

第三步：选择群组的椭圆利用造形中修剪工具对矩形边缘进行修剪，利用填充工具将其填充为白色，如图3-1-3所示。

第四步：利用矩形工具绘制矩形，并利用"导入"命令导入风景图片并将其置于矩形框中。利用文本工具输入相应的邮票分值及"中国邮政"字样文字。群组所有对象并设置其阴影，如图3-1-4所示。

图 3-1-3　第三步　　　　　　　　　　　　　图 3-1-4　第四步

3.1.3　步骤分解

邮票设计绘制的具体步骤如下：

Step 1　运行CorelDRAW软件，新建一个页面，选择工具箱中矩形工具绘制邮票的基本尺寸，如图3-1-5、图3-1-6所示。

图 3-1-5 矩形属性对话框

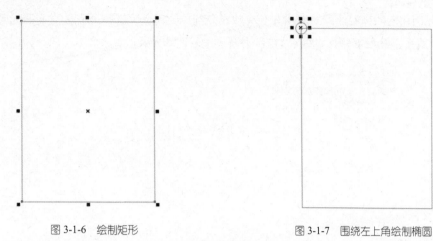

图 3-1-6　绘制矩形　　　　　图 3-1-7　围绕左上角绘制椭圆

Step 2　选择工具箱中椭圆工具分别以矩形四个顶点为中心绘制椭圆，如图3-1-7～图3-1-9所示。

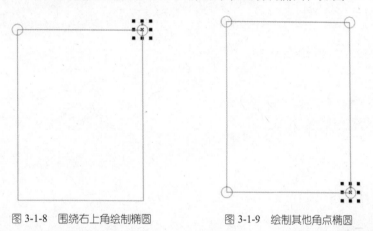

图 3-1-8　围绕右上角绘制椭圆　　　　图 3-1-9　绘制其他角点椭圆

Step 3　选择工具箱中椭圆交互式调和工具分别将以矩形四个顶点为中心的椭圆两两进行调和处理，如图3-1-10～图3-1-14所示。

图 3-1-10　矩形上边缘椭圆调和步段属性栏

图 3-1-11　矩形左边缘椭圆调和步段属性栏

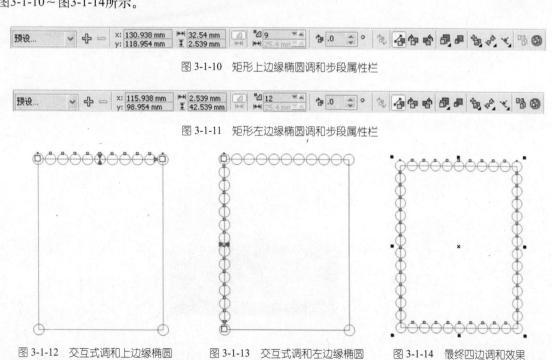

图 3-1-12　交互式调和上边缘椭圆　　图 3-1-13　交互式调和左边缘椭圆　　图 3-1-14　最终四边调和效果

Step 4 拆分调和后的椭圆步段元素使其变成独立椭圆单元元素，选择所有独立椭圆元素将其进行群组。选择菜单中造形工具修剪矩形边缘，如图3-1-15～图3-1-18所示。

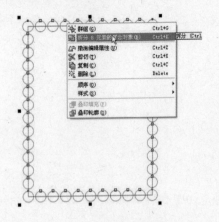

图 3-1-15 拆分椭圆调和步段

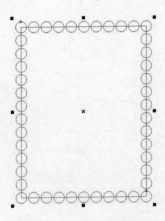

图 3-1-16 群组所有椭圆

图 3-1-17 造形对话框

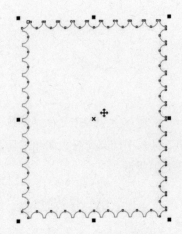

图 3-1-18 修剪后图形

Step 5 选择工具箱中矩形工具绘制矩形，同时选择"导入"命令导入位图并运用效果中图框精确剪裁命令将图片置于矩形框中，如图3-1-19～图3-1-22所示。

图 3-1-19 绘制矩形   图 3-1-20 导入位图

图3-1-21　置于图框命令　　　　　　　　　　图3-1-22　图片置于图框效果

Step 6　选择工具箱中文本工具绘制邮票相应的专有文本字样，同时群组所有对象并运用交互式阴影工具对其设置阴影，如图3-1-23、图3-1-24所示。

图3-1-23　添加文本字样　　　　　　　　　　图3-1-24　设置阴影效果

3.2　霓虹灯文字效果

3.2.1　知识要点

在本节中，我们将学习霓虹灯文字的绘制，需要掌握以下几个知识点。

- 文本工具的使用。
- 矩形工具的使用。
- 交互式填充工具。
- 交互式阴影工具。

3.2.2　解析过程

第一步：首先新建一页面，然后利用文本工具输入文字"霓虹灯"，并在字体属性栏中设置其字体类型及字号大小，如图3-2-1所示。

图 3-2-1　第一步

第二步：选择文本字段对其进行拆分（快捷键Ctrl+K），利用填充工具分别将其填充为不同颜色，如图3-2-2所示。

图 3-2-2　第二步

第三步：首先利用工具箱中矩形工具绘制矩形，同时利用填充工具将其填充黑色并作为背景。然后利用交互式阴影工具分别设置各字的阴影。最后更改其字的轮廓颜色，如图3-2-3所示。

图 3-2-3　第三步

3.2.3　步骤分解

霓虹灯绘制的具体步骤如下：

Step 1　新建一个页面，选择工具箱中文本工具输入文本字样"霓虹灯"并设置其字体及字号大小，如图3-2-4、图3-2-5所示。

图 3-2-4　字体字号属性栏

图 3-2-5　输入文本

Step 2　选择文本字段运用"拆分"命令（快捷键Ctrl+K）进行拆分，运用填充工具分别对各字设置不同颜色，如图3-2-6、图3-2-7所示。

图 3-2-6　拆分字段

图 3-2-7　填充不同颜色

Step 3　选择工具箱中矩形工具绘制背景矩形并将其填充为黑色，如图3-2-8所示。

图 3-2-8　绘制背景矩形

Step 4　选择工具箱中交互式阴影工具分别设置各字的阴影效果，如图3-2-9～图3-2-13所示。

图 3-2-9　交互式阴影属性栏

图 3-2-10　设置"霓"字阴影

图 3-2-11 设置"虹"字阴影

图 3-2-12 设置"灯"字阴影

图 3-2-13 霓虹灯最终效果

3.3 交互式变形效果

3.3.1 知识要点

在本节中，将学习交互式变形效果的绘制，需要掌握以下几个知识点。

- 基本形状的使用。
- 矩形工具的使用。
- 交互式变形工具。

3.3.2 解析过程

第一步：首先新建一页面，然后利用矩形工具及基本形状工具绘制图形，如图3-3-1所示。

第二步：利用交互式填充工具分别对这些图形进行填充，如图3-3-2所示。

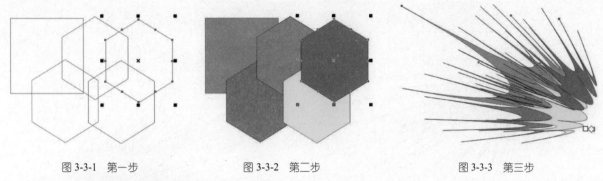

图3-3-1 第一步   图3-3-2 第二步   图3-3-3 第三步

第三步：群组所有图形对象利用交互式变形工具对这些图形对象进行交互式变形处理。至此，交互式变形效果处理完成，如图3-3-3所示。

3.3.3 步骤分解

交互式变形效果绘制的具体步骤如下：

Step 1 新建一个页面，选择工具箱中矩形工具及基本形状工具绘制图形。运用交互式填充工具分别对基本形状进行颜色填充，如图3-3-4、图3-3-5所示。

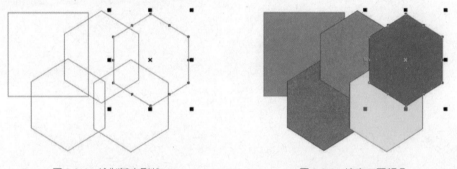

图3-3-4 绘制基本形状   图3-3-5 填充不同颜色

Step 2 群组所有图形对象，选择工具箱中交互式变形工具对其图形进行变形效果，如图3-3-6、图3-3-7所示。

图3-3-6 交互式变形工具属性栏

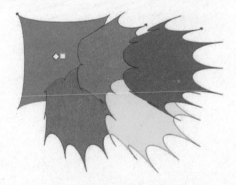

图3-3-7 运用交互式变形工具

Step 3 分别调整交互式变形工具调节点。分别创造出不同变形效果。选择其变形对象并去除其轮廓线，如图3-3-8～图3-3-11所示。

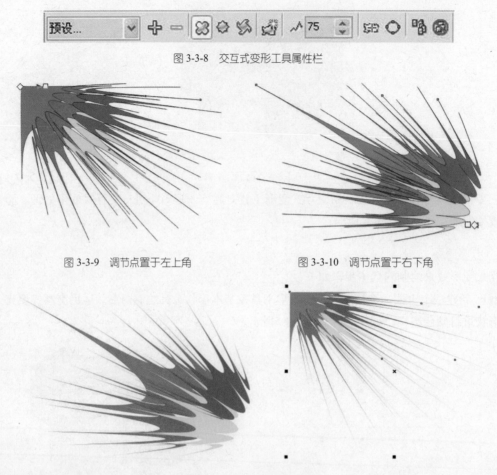

图 3-3-8　交互式变形工具属性栏

图 3-3-9　调节点置于左上角　　　　　　图 3-3-10　调节点置于右下角

图 3-3-11　去除轮廓线后效果

Step 4　在交互式变形工具属性栏推拉变形中设置拉链失真振幅为6，拉链失真频率为18，则效果如图3-3-12、图3-3-13所示。

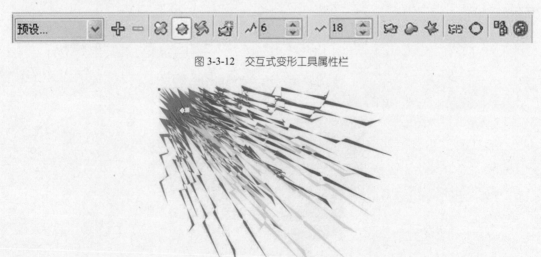

图 3-3-12　交互式变形工具属性栏

图 3-3-13　调整推拉失真振幅数值后效果

Step 5　选择交互式变形工具属性栏扭曲变形按钮，先设置完全旋转0，附加角度为182；再设置完全旋转0，附加角度为251。效果如图3-3-14～图3-3-17所示。

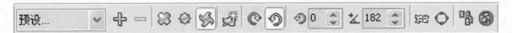

图 3-3-14 交互式变形工具属性栏

图 3-3-15 扭曲变形效果

图 3-3-16 交互式变形工具属性栏

图 3-3-17 调整扭曲变形效果

3.4 波浪字立体化效果

3.4.1 知识要点

在本节中，将学习波浪字立体化效果的绘制，需要掌握以下几个知识点。

- 文本工具的使用。
- 贝塞尔工具的使用。
- 轮廓工具的使用。
- 交互式调和工具。
- 交互式立体化工具。

3.4.2 解析过程

第一步：首先新建一页面，然后利用文本工具输入文本字样"design"。去掉文字内部填充颜色，利用工具箱中贝塞尔工具绘制曲线，如图3-4-1所示。

图 3-4-1　第一步

第二步：更改曲线颜色为橙色，复制曲线并设置曲线颜色为黄色，同时利用交互式调和工具分别对两曲线进行调和处理。同理，再复制两根曲线分别将其更改为绿色和黄色，然后利用交互式调和工具进行调和处理，如图3-4-2所示。

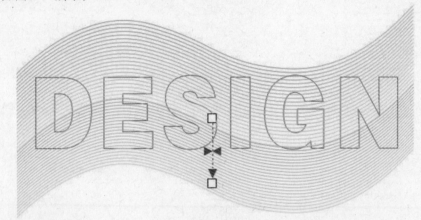

图 3-4-2　第二步

第三步：增加交互式调和工具的调和步段。利用菜单栏"效果"下的"图框精确剪裁"命令将调和对象置于字母中，如图3-4-3所示。

图 3-4-3　第三步

第四步：利用工具箱中交互式立体化工具对其进行立体化效果处理，同时立体化颜色由白色向绿色渐变，如图3-4-4所示。

图 3-4-4　第四步

3.4.3　步骤分解

波浪字立体化效果绘制的具体步骤如下：

Step 1　新建一个页面，选择工具箱中文本工具输入文本字样"design"，如图3-4-5所示。

图3-4-5　输入文本

Step 2　去掉文字内部填充颜色，如图3-4-6所示。

图3-4-6　去掉颜色

Step 3　选择工具箱中贝塞尔工具绘制曲线，如图3-4-7所示。

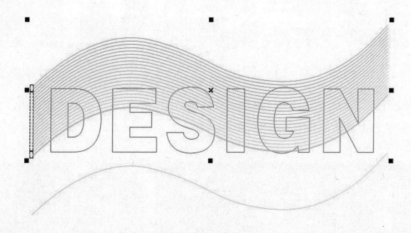

图3-4-7　绘制曲线

Step 4　更改曲线颜色为橙色。同时复制曲线填充为黄色，选择交互式调和工具对这两根曲线进行调和，如图3-4-8所示。

图3-4-8　调和橙黄曲线

Step 5　继续复制两根曲线分别填充为绿色和黄色，同时选择交互式调和工具对这两根曲线进行调和，如图3-4-9所示。

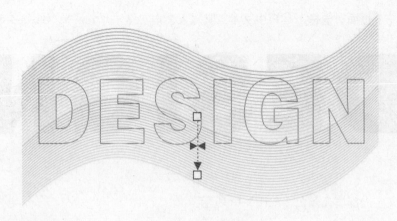

图 3-4-9　调和黄绿曲线

　　Step 6　分别增加调和曲线的步段，运用菜单栏"效果"下的"图框精确剪裁"命令将调和对象置于字母中，如图3-4-10、图3-4-11所示。

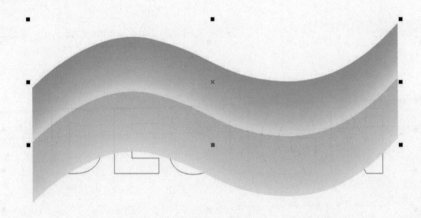

图 3-4-10　增加步段

图 3-4-11　将调和对象置于字母中

　　Step 7　选择交互式立体化工具设置波浪文字立体化效果。同时设置立体化颜色由白色向绿色渐变。最后更改字母轮廓颜色为绿色，如图3-4-12～图3-4-14所示。

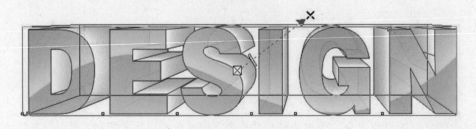

图 3-4-12　立体化工具运用

图 3-4-13 调整立体化渐变颜色

图 3-4-14 波浪字立体化效果完成

3.5 拓纹字卷页效果

3.5.1 知识要点

在本节中，将学习拓文字卷页效果的绘制，需要掌握以下几个知识点。

- 文本工具的使用。
- 底纹填充工具的使用。
- 造形命令的使用。
- 转换位图工具的使用。

3.5.2 解析过程

第一步：首先新建一页面，利用工具箱中矩形工具绘制矩形，同时利用交互式填充工具对其进行底纹填充，如图3-5-1所示。

第二步：复制矩形，同时利用工具箱文本工具输入文本字样"德力教育"，利用菜单栏中"造形"命令将文字修剪成矩形，如图3-5-2所示。

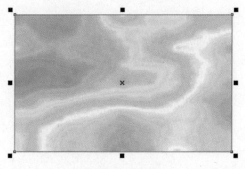

图 3-5-1 第一步

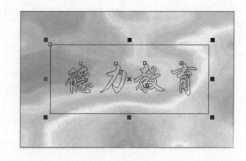

图 3-5-2 第二步

第三步：利用工具箱中交互式填充工具对其进行填充，同时将其转换为位图（转换位图时要求勾选透明背景），如图3-5-3所示。

第四步：利用菜单栏中"位图"下的"三维效果"命令将其设置卷页效果，如图3-5-4所示。

图 3-5-3　第三步　　　　　　　　　　　　　　　　　图 3-5-4　第四步

3.5.3　步骤分解

拓纹字卷页效果制作的具体绘制步骤如下：

Step 1　新建一个页面，选择工具箱中矩形工具绘制矩形，如图3-5-5所示。

Step 2　选择工具箱中底纹填充工具对其进行填充，如图3-5-6、图3-5-7所示。

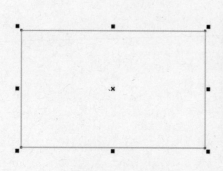

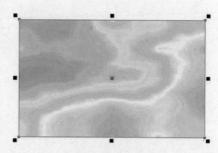

图 3-5-5　绘制矩形　　　　　　图 3-5-6　底纹填充对话框　　　　　　图 3-5-7　底纹填充效果

Step 3　复制矩形，同时选择工具箱中文本工具输入文本字样，如图3-5-8、图3-5-9所示。

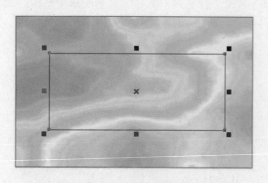

图 3-5-8　复制矩形　　　　　　　　　　　　　　　图 3-5-9　输入文本

Step 4　选择菜单栏中"造形"命令，运用文本修剪矩形图形。然后运用交互式填充工具对其进行填充，如图3-5-10～图3-5-12所示。

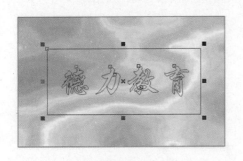

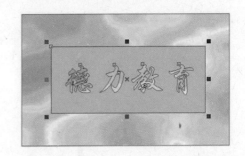

图 3-5-10 文本修剪矩形　　　　图 3-5-11 造形对话框　　　　图 3-5-12 填充颜色

Step 5 选择菜单栏中"位图"下的"转换位图"命令将修剪图形转换为位图对象。然后选择"位图"下的"三维效果"命令将其设置卷页效果，如图3-5-13～图3-5-16所示。

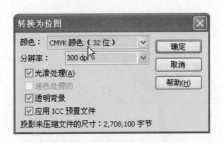

图 3-5-13 转换为位图对话框

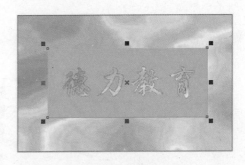

图 3-5-14 转换为位图

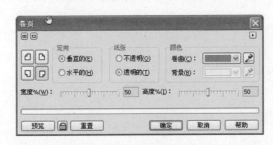

图 3-5-15 卷页三维效果对话框

图 3-5-16 最终拓纹字卷页效果

3.6　珍珠字效果制作

3.6.1　知识要点

在本节中，将学习珍珠字效果的绘制，需要掌握以下几个知识点。

- 文本工具的使用。
- 交互式填充工具。
- 交互式调和工具。
- 调和工具中路径设置。

3.6.2 解析过程

第一步：首先新建一页面，利用工具箱中椭圆工具绘制椭圆，同时利用交互式填充工具对其进行射线渐变填充，再复制一椭圆，然后选择交互式调和工具分别将这两个椭圆进行调和处理，如图3-6-1所示。

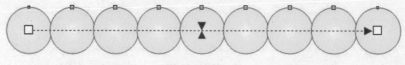

图 3-6-1 第一步

第二步：利用工具箱中文本工具输入文本字样"珍珠字"并调整字体及字号大小，如图3-6-2所示。

图 3-6-2 第二步

第三步：在交互式调和对象属性栏中选择文字为路径属性，如图3-6-3所示。

图 3-6-3 第三步

第四步：在交互式调和对象属性栏中增加调和步段。至此，珍珠文字就这样完成了，如图3-6-4所示。

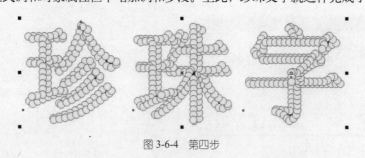

图 3-6-4 第四步

3.6.3 步骤分解

珍珠字效果制作的具体绘制步骤如下：

Step 1 新建一个页面，选择工具箱中椭圆工具绘制椭圆，如图3-6-5所示。

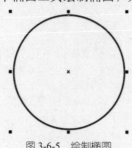

图 3-6-5 绘制椭圆

Step 2 选择工具箱中交互式填充工具填充椭圆，选择渐变类型为射线，如图3-6-6、图3-6-7所示。

图3-6-6 交互式填充属性栏

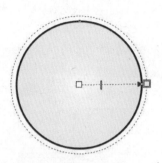

图3-6-7 渐变填充椭圆

Step 3 复制一填充椭圆，选择工具箱中交互式调和工具将这两个椭圆进行调和处理，如图3-6-8所示。

图3-6-8 交互式调和椭圆

Step 4 选择工具箱中文本工具输入文本字样"珍珠字"，如图3-6-9所示。

图3-6-9 输入文字

Step 5 选择调和对象属性栏中路径属性，将文字作为新路径。同时选择杂项调和选项中勾选沿全路径调和，如图3-6-10～图3-6-13所示。

图3-6-10 新建路径   图3-6-11 选择文字作为路径

图 3-6-12 文字路径效果

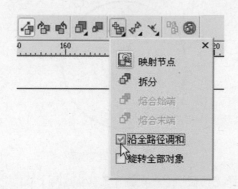

图3-6-13 勾选沿路径调和选项

Step 6 选择调和对象属性栏中调和步段增加其步段数。最后选择调和的步段更改其轮廓颜色。至此，珍珠字效果图完成了，如图3-6-14～图3-6-18所示。

图 3-6-14 交互式调和属性栏

图 3-6-15 沿路径调和效果

图 3-6-16 增加步段属性栏

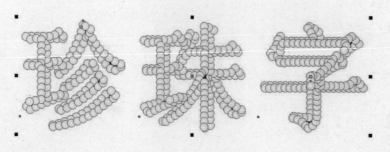

图 3-6-17 增加步段后效果

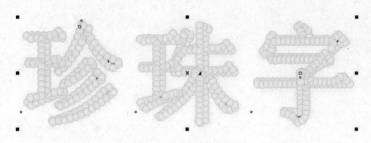

图 3-6-18 最终珍珠字效果

3.7 上机练习

上机练习设计一文本，效果如图3-7-1所示。

1. 利用工具箱中文本工具输入文本字样。

2. 利用工具箱中贝塞尔工具以及手绘工具、勾画背景图形。

3. 利用工具箱中的填充工具填充颜色。

4. 利用工具箱中的形状工具进行调整。

图 3-7-1 文本调整

第4章

图 文 排 版 设 计

本章要点:

- 结合艺术设计专业中广告设计部分学习CorelDRAW软件应用于图文排版设计的各项工作。
- 掌握图文排版的应用,本章涉及文本工具、矩形工具、轮廓工具、贝塞尔工具、形状工具、填充工具以及交互式网格填充工具、交互式透明工具和交互式阴影工具等的运用。

本章案例效果图如图4-0-1～图4-0-4所示。

图 4-0-1 企业名片设计案例

图 4-0-2 请柬设计案例

图 4-0-3 企业信封设计案例

图 4-0-4 书签设计案例

4.1 企业名片设计

4.1.1 知识要点

在本节中，将学习企业名片的绘制，需要掌握以下几个知识点。

- 线条和形状的绘制。
- 对象颜色的填充和文本工具。
- 导入工具的使用。
- 交互式填充工具。
- 交互式阴影工具。

4.1.2 解析过程

第一步：首先利用矩形工具新建"名片"尺寸，设置页面的方向为横向。然后利用工具箱中文本工具输入基本资料，如姓名、公司名称、职务、地址、电话等，如图4-1-1所示。

第二步：利用菜单栏中导入工具导入标志，并利用标志设置名片的底纹。将其位置进行适当的调整，进行排版，如图4-1-2所示。

图 4-1-1 第一步

图 4-1-2 第二步

4.1.3 步骤分解

企业名片制作的具体绘制步骤如下：

Step 1 运行CorelDRAW软件，新建一个页面，选择工具箱中矩形工具绘制名片的基本尺寸，如图4-1-3、图4-1-4所示。

图 4-1-3 矩形属性栏

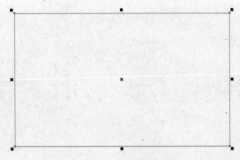

图 4-1-4 绘制名片矩形

Step 2 选择工具箱中文本工具输入公司名称并运用文本属性栏调整字体及字号，如图4-1-5～图4-1-7所示。

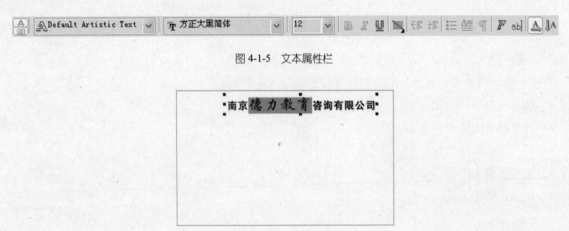

图 4-1-5 文本属性栏

图 4-1-6 输入文本黑体

图 4-1-7 调整文本属性栏

Step 3 选择工具箱中矩形工具绘制线条，如图4-1-8所示。

图 4-1-8 绘制线条

Step 4 选择工具箱中文本工具输入公司英文字母，并选择形状工具调整其间距，如图4-1-9、图4-1-10所示。

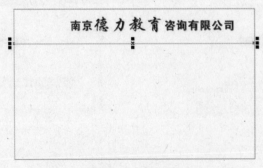

图 4-1-9 文本属性栏

图 4-1-10 输入公司英文

　　Step 5 选择工具箱中文本工具输入公司英文字母，并选择形状工具调整其间距，如图4-1-11~图4-1-14所示。

图 4-1-11 文本属性栏1

图 4-1-12 输入姓名及职务

图 4-1-13 文本属性栏2

图 4-1-14 调整文本字体

　　Step 6 选择工具箱中文本工具输入公司英文字母，并选择形状工具调整其间距，如图4-1-15、图4-1-16所示。

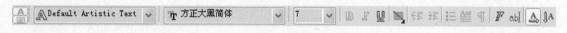

图 4-1-15 地址、电话等文本属性栏

Step 7 选择菜单栏中"导入"命令导入企业标志，并调整适当的颜色和位置，如图4-1-17所示。

图 4-1-16 输入地址等文本　　　　　　　　　　　　图 4-1-17 导入标志

Step 8 选择导入的企业标志复制标志作为名片背景，并选择填充工具对其颜色进行填充，如图4-1-18、图4-1-19所示。

图 4-1-18 复制标志　　　　　　　　　　　　图 4-1-19 复制并调整标志

Step 9 选择所有背景标志将其进行群组（快捷键Ctrl+G），并将其置于图层最底层。选择交互式阴影工具对整体进行阴影设置，如图4-1-20～图4-1-22所示。

图 4-1-20 群组标志并将其置于底层　　　图 4-1-21 设置阴影　　　图 4-1-22 名片最终效果图

4.2 展 览 请 柬 设 计

4.2.1 知识要点

在本节中，将学习请柬的绘制，需要掌握以下几个知识点。

- 线条和形状的绘制。
- 对象颜色的填充和文本工具。
- 贝塞尔工具的使用。
- 交互式填充工具。
- 交互式阴影工具。

- 造型工具的使用。

4.2.2 解析过程

第一步：首先利用矩形工具新建"请柬"尺寸，设置页面的方向为纵向。然后利用工具箱中贝塞尔工具绘制请柬右半造型部分，如图4-2-1所示。

第二步：利用工具箱中贝塞尔工具绘制S形线条，同时向另一方向复制一根，利用交互式调和工具对这两根线条进行调和。利用交互式填充工具对右半部进行填充，选择调和线条利用交互式透明工具对其进行透明处理，如图4-2-2所示。

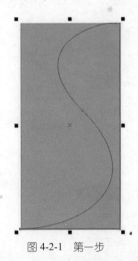

图 4-2-1 第一步　　　　　图 4-2-2 第二步

第三步：利用工具箱中文本工具分别添加展览名称、主办及承办方名称等文本，如图4-2-3所示。

第四步：利用工具箱中文本工具分别添加文本，同时设置字号的不同大小，并将其作为请柬的背景。至此，请柬效果图完成了，如图4-2-4所示。

图 4-2-3 第三步　　　　　图 4-2-4 第四步

4.2.3 步骤分解

展览请柬制作的具体绘制步骤如下：

Step 1 新建一个页面，选择工具箱中矩形工具绘制请柬的基本尺寸。选择填充工具对其进行填充，如图4-2-5～图4-2-8所示。

图 4-2-5 请柬大小属性

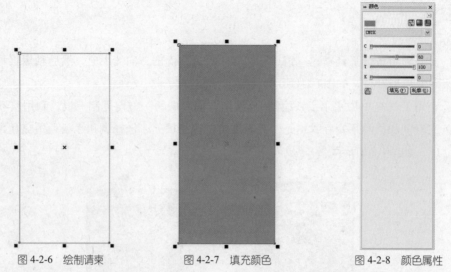

图 4-2-6 绘制请柬   图 4-2-7 填充颜色   图 4-2-8 颜色属性

Step 2 选择工具箱中贝塞尔工具绘制请柬右半部分形状，选择填充工具对其进行填充，如图 4-2-9～图4-2-11所示。

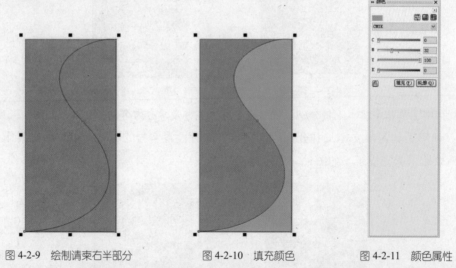

图 4-2-9 绘制请柬右半部分   图 4-2-10 填充颜色   图 4-2-11 颜色属性

Step 3 选择工具箱中贝塞尔工具绘制S形线条，同时向另一方向复制一根。选择交互式调和工具对这两根线条进行调和并进行适当的加速，选择调和线条利用交互式透明工具对其进行透明处理，如图 4-2-12～图4-2-17所示。

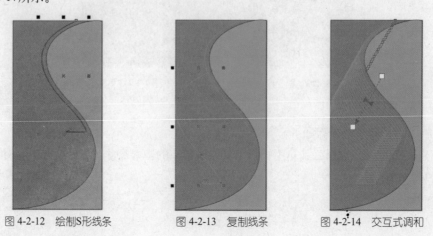

图 4-2-12 绘制S形线条   图 4-2-13 复制线条   图 4-2-14 交互式调和

  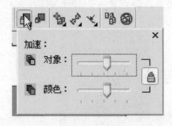

图 4-2-15　更换线条颜色　　　　图 4-2-16　交互式透明工具　　　　图 4-2-17　加速属性

Step 4　选择工具箱中贝塞尔工具绘制S形线条，同时向另一方向复制一根。选择交互式调和工具对这两根线条进行调和并进行适当的加速，选择调和线条利用交互式透明工具对其进行透明处理，如图4-2-18～图4-2-22所示。

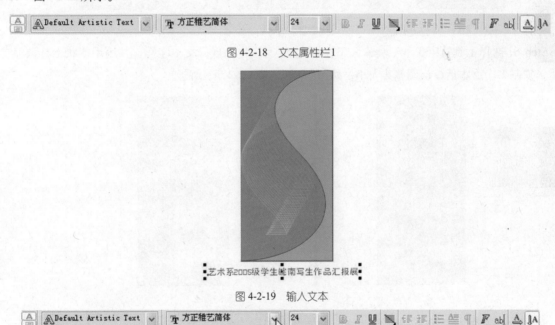

图 4-2-18　文本属性栏1

图 4-2-19　输入文本

图 4-2-20　文本属性栏2

图 4-2-21　交互式轮廓运用

图 4-2-22 交互式轮廓工具属性

Step 5 选择工具箱中文本工具输入"请柬"和"主承办方"文本字样，并运用形状工具调整字的间距，如图4-2-23～图4-2-25所示。

图 4-2-23 输入"请柬"文本　　　图 4-2-24 调整文本间距　　　图 4-2-25 输入"主承办方"字样

Step 6 选择工具箱中文本工具输入"2006.皖南.写生作品展"文本字样，并运用形状工具调整字的间距。复制多个文本后分别调整其大小，如图4-2-26、图4-2-27所示。

图 4-2-26 输入文本　　　　　　　　　图 4-2-27 复制文本

Step 7 群组所有"2006.皖南.写生作品展"文本字样，选择工具箱中矩形工具绘制矩形，并沿着请柬右边排列，选择菜单中造型命令对请柬右边多余部分文本进行修剪，如图4-2-28～图4-2-31所示。

图 4-2-28 群组文本　　　　　　　　　图 4-2-29 绘制矩形

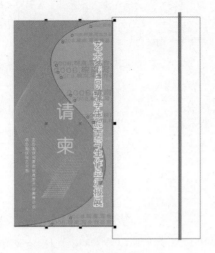

图 4-2-30　修剪多余文本　　　　　　　　图 4-2-31　调整图层

Step 8　选择工具箱中交互式阴影工具给请柬添加阴影，至此，请柬效果图完成了，如图4-2-32、图4-2-33所示。

图 4-2-32　交互式阴影效果　　　　　　　图 4-2-33　请柬效果图完成

4.3　企 业 信 封 设 计

4.3.1　知识要点

在本节中，将学习企业信封的绘制，需要掌握以下几个知识点。

- 对象颜色的填充和文本工具。
- 线形属性的使用。
- 矩形工具的使用。
- 交互式填充工具。
- 交互式阴影工具。

4.3.2　解析过程

第一步：首先利用矩形工具新建"信封"尺寸，设置页面的方向为横向。然后利用工具箱中贝塞尔工具绘制信封封口造型部分，如图4-3-1所示。

图4-3-1 第一步

第二步：利用矩形工具在信封左上角绘制邮编矩形框和右上角贴邮票处，利用文本工具在信封右下角绘制公司名称及地址，如图4-3-2所示。

图4-3-2 第二步

第三步：利用菜单栏中导入命令导入企业标志，同时利用填充工具更改公司名称的颜色，如图4-3-3所示。

图4-3-3 第三步

4.3.3 步骤分解

企业信封制作的具体绘制步骤如下：

Step 1 选择工具箱中矩形工具绘制信封的基本尺寸，选择贝塞尔工具绘制封口，如图4-3-4～图4-3-6所示。

图 4-3-4　矩形属性栏

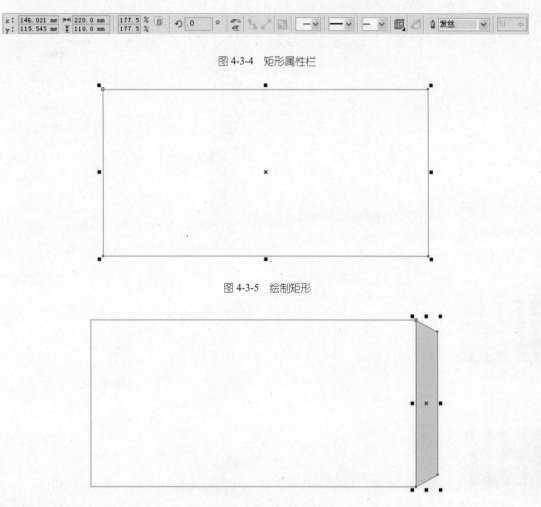

图 4-3-5　绘制矩形

图 4-3-6　绘制封口

Step 2　选择工具箱中矩形工具绘制信封邮编填写处，如图4-3-7、图4-3-8所示。

图 4-3-7　矩形属性栏

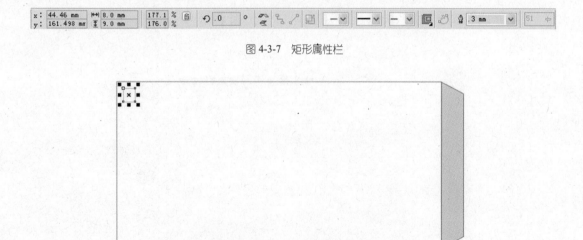

图 4-3-8　绘制邮编矩形

Step 3　复制邮编矩形，选择工具箱中矩形工具绘制贴邮票处，如图4-3-9~图4-3-11所示。

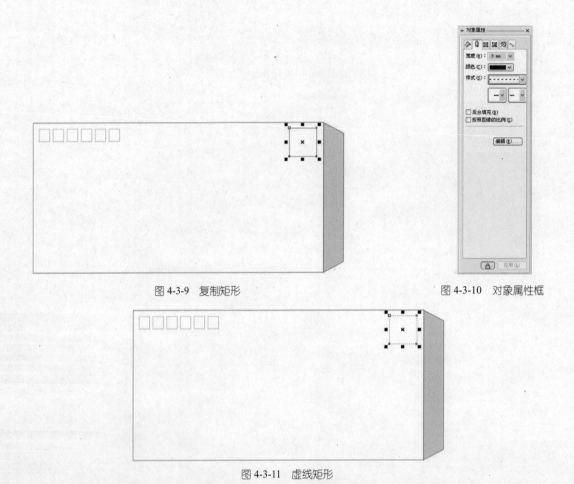

图 4-3-9　复制矩形

图 4-3-10　对象属性框

图 4-3-11　虚线矩形

　　Step 4　选择工具箱中文本工具输入企业名称，然后运用交互式填充工具更改其颜色，如图4-3-12～图4-3-15所示。

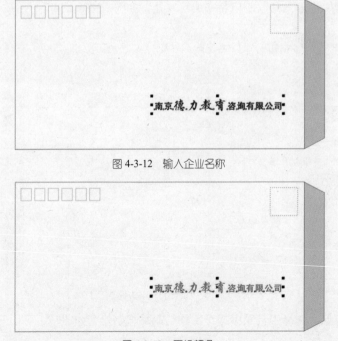

图 4-3-12　输入企业名称

图 4-3-13　更换颜色

图 4-3-14 输入企业英文

图 4-3-15 输入地址、邮编

Step 5 选择菜单中"导入"命令导入企业标志和添加细节文字，然后运用交互式填充工具更改其颜色，运用交互式阴影工具设置阴影。至此，最终效果图完成，如图4-3-16～图4-3-19所示。

图 4-3-16 导入标志

图 4-3-17 更换颜色

图 4-3-18　设置阴影

图 4-3-19　最终效果图完成

4.4　书　签　设　计

4.4.1　知识要点

在本节中，将学习书签的绘制，需要掌握以下几个知识点。

- 对象颜色的填充和文本工具。
- 线形属性的使用。
- 椭圆工具的使用。
- 交互式填充工具。
- 交互式阴影工具。
- 交互式网状填充工具。

4.4.2　解析过程

第一步：利用椭圆工具绘制灯笼主体并进行交互式渐变填充，利用手绘工具绘制灯笼飘带及挂绳分别填充颜色，如图4-4-1所示。

第二步：利用矩形工具绘制请柬并进行交互式网状填充工具；利用贝塞尔工具绘制线条作为悬挂灯笼的挂绳，如图4-4-2所示。

图 4-4-1 第一步

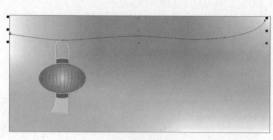

图 4-4-2 第二步

第三步：复制灯笼和利用矩形工具绘制悬挂灯笼的滚轴并进行交互式填充，利用文本工具输入"奥运加油"字样并利用交互式封套工具对其进行调整，如图4-4-3所示。

第四步：导入企业标志及企业名称，利用艺术笔工具给背景添加图案效果。至此，请柬效果图完成，如图4-4-4所示。

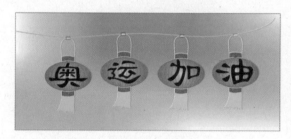

图 4-4-3 第三步

图 4-4-4 第四步

4.4.3 步骤分解

请柬制作的具体绘制步骤如下：

Step 1 选择工具箱中椭圆工具绘制灯笼的基本尺寸，选择绘制的椭圆中间轴点向内进行等距复制，如图4-4-5、图4-4-6所示。

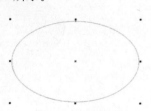

图 4-4-5 绘制椭圆

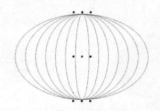

图 4-4-6 等距复制椭圆

Step 2 选择交互式填充工具对大椭圆进行颜色填充，并选择复制后的椭圆将其轮廓线改成红色，如图4-4-7～图4-4-9所示。

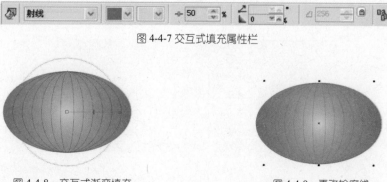

图 4-4-7 交互式填充属性栏

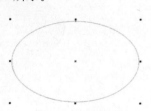

图 4-4-8 交互式渐变填充

图 4-4-9 更改轮廓线

Step 3　选择矩形工具绘制灯笼顶罩并填充为红色，运用交互式封套工具对其进行编辑调整并将轮廓线加粗为黄色，如图4-4-10～图4-4-13所示。

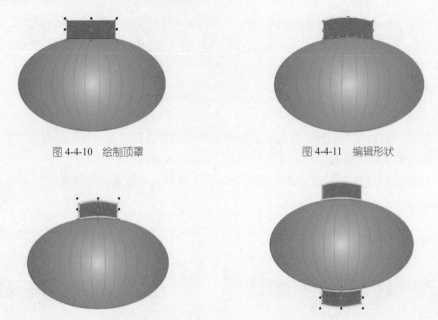

图 4-4-10　绘制顶罩　　　　　　　　　　　　　图 4-4-11　编辑形状

图 4-4-12　加粗轮廓线　　　　　　　　　　　　图 4-4-13　复制底罩

Step 4　选择贝塞尔工具绘制灯笼挂绳及飘带，运用交互式填充工具对其进行颜色填充，如图4-4-14～图4-4-16所示。

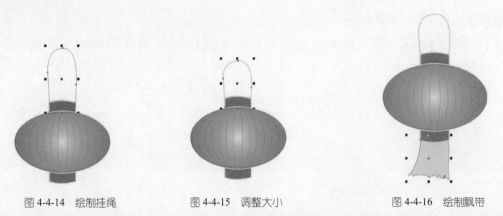

图 4-4-14　绘制挂绳　　　　　图 4-4-15　调整大小　　　　　图 4-4-16　绘制飘带

Step 5　选择矩形工具绘制请束大小，运用交互式网状填充工具对其进行韵染颜色填充，如图4-4-17所示。

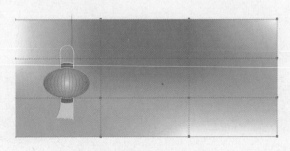

图 4-4-17　绘制清束并填充颜色

Step 6 选择贝塞尔工具绘制灯笼挂绳，根据挂绳曲线复制灯笼，如图4-4-18、图4-4-19所示。

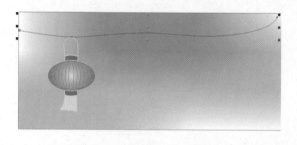

图 4-4-18 绘制请柬并填充颜色

图 4-4-19 绘制请柬并填充颜色

Step 7 选择矩形工具绘制悬挂灯笼的滚轴，运用交互式渐变填充工具进行填充，如图4-4-20所示。

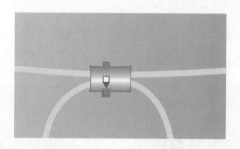

图 4-4-20 绘制滚轴

Step 8 选择文本工具输入文本"奥运加油"字样，运用交互式封套工具分别对其进行调整，如图4-4-21～图4-4-24所示。

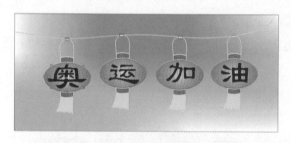

图 4-4-21 文本调整1

图 4-4-22 文本调整2

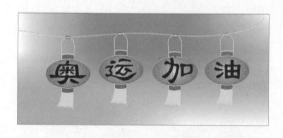

图 4-4-23 文本调整3

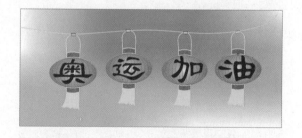

图 4-4-24 文本调整4

Step 9 选择贝塞尔工具绘制一根曲线，运用艺术笔工具将其曲线变为艺术图案效果，如图4-4-25～图4-4-28所示。

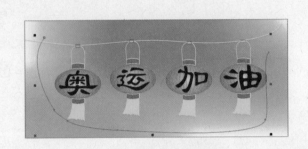

图 4-4-25　绘制曲线　　　　　　　　　　　　　图 4-4-26　艺术笔对话框

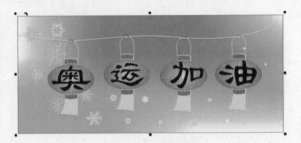

图 4-4-27　艺术笔——雪花　　　　　　　　　　图 4-4-28　置于图层

Step 10　选择菜单栏中"导入"命令导入企业标志及企业名称，如图4-4-29～图4-4-31所示。

Step 11　选择工具箱中矩形工具绘制矩形，并运用快捷键Ctrl+D进行等距复制，如图4-4-32～图4-4-34所示。

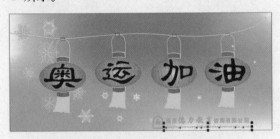

图 4-4-29　导入企业标志及名称　　　　　　　　图 4-4-30　更改颜色

图 4-4-31　输入文字　　　　　　　　　　　　　图 4-4-32　绘制矩形

图 4-4-33　等距复制矩形

图 4-4-34　设置轮廓颜色

Step 12　选择工具箱中贝塞尔工具绘制曲线，并将曲线运用艺术笔工具设置艺术图案效果。最后群组所有对象，选择交互式阴影工具对其设置阴影，至此，整个请柬效果图完成了，如图4-4-35～图4-4-38所示。

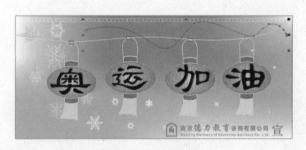
图 4-4-35　绘制曲线

图 4-4-36　艺术笔属性栏

图 4-4-37　艺术笔效果

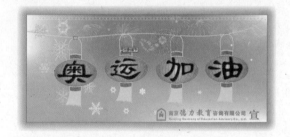
图 4-4-38　请柬最终效果图

4.5　上机练习

上机练习设计一幅人文风景图——荷花绽放，效果如图4-5-1所示。

1. 利用工具箱中贝塞尔工具、手绘工具勾画荷花、绿色植物的主体。
2. 利用工具箱中的形状工具进行调整。
3. 利用工具箱中的贝塞尔工具绘制出蓝天白云。

图 4-5-1　荷花绽放

第5章

企 业 VI 设 计

本章要点：

- 结合广告设计专业中VI设计部分学习CorelDRAW软件的基本工具运用。
- 本章涉及文本工具、矩形工具、轮廓工具、多边形工具、贝塞尔工具、形状工具、填充工具以及交互式透明工具等的运用。

本章案例效果图如图5-0-1～图5-0-6所示。

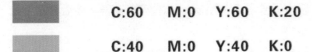

图 5-0-1　企业标志设计案例

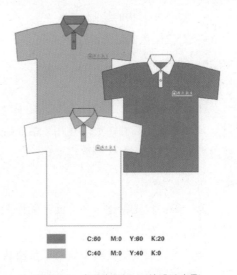

图 5-0-2　企业文化衫、T恤设计案例

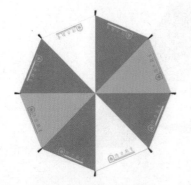

图 5-0-3　户外伞设计案例

图 5-0-4　茶杯、纸杯设计案例

图 5-0-5　企业交通工具设计案例　　　　　　　　图 5-0-6　企业形象墙设计案例

5.1　企业标志设计

5.1.1　知识要点

在本节中，将以"南京德力教育咨询有限公司"标志为例学习企业标志的绘制，需要掌握如下工具的应用：

- 线条和形状的绘制。
- 对象颜色的填充和文本工具。
- 贝塞尔工具。
- 交互式填充工具。

标志基本含义：通过德力的拼音字母"D"和"L"的有机组合构成了"N"（即南京的首个拼音字母），加之辅助椭圆图形的运用，绘制成一个坐着的人的图形，即一个教育者的形象。这正说明了南京德力教育是以人为本这一重要寓意。

5.1.2　解析过程

第一步：首先新建一个页面，利用工具箱中贝塞尔工具绘制标志的基本轮廓，然后利用形状工具对其细节调整，如图5-1-1所示。

第二步：利用工具箱中轮廓工具将其笔触加粗，并将其转换为轮廓对象，然后利用形状工具对该形状进行调整。最后将其填充为黑色，如图5-1-2所示。

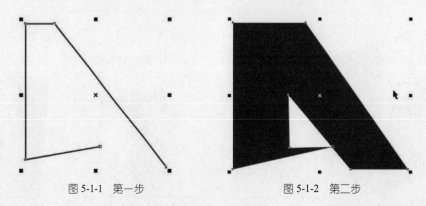

图 5-1-1　第一步　　　　　　　　　　　图 5-1-2　第二步

第三步：利用矩形工具和椭圆工具绘制右半边及上部形状，将这三个独立形状进行焊接并填充为黑色。得出其标志的基本元素，如图5-1-3所示。

第四步：利用矩形工具绘制标志外围轮廓形状，利用文本工具添加中英文本得出企业标志的组合图形，并利用交互式填充工具更换其标准颜色，如图5-1-4所示。

图 5-1-3　第三步　　　　　　　　　　　　　　　　图 5-1-4　第四步

5.1.3　步骤分解

企业标志制作的具体绘制步骤如下：

Step 1　运行CorelDRAW软件，新建一个页面，选择工具箱中贝塞尔工具绘制标志的基本轮廓，然后利用形状工具对其细节调整，如图5-1-5所示。

Step 2　选择工具箱中轮廓工具对其笔触进行加粗，将宽度设置为2.5mm，然后利用形状工具对其细节调整，如图5-1-6、图5-1-7所示。

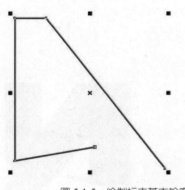　　　　

图 5-1-5　绘制标志基本轮廓　　　　　　图 5-1-6　加粗轮廓线

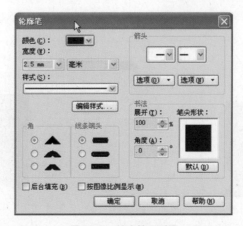

图 5-1-7　轮廓笔对话框

Step 3　选择菜单栏中将轮廓转换为对象工具将其笔触转换为轮廓对象并去除原笔触线条，然后利用形状工具对其形状进行细节调整，如图5-1-8、图5-1-9所示。

图 5-1-8　转换为轮廓对象　　　　　　　　　　　　　图 5-1-9　菜单栏工具

Step 4　选择工具箱中矩形工具绘制标志右边形状，并调整其右下角为倒圆角，在其属性对话框中设置为100，如图5-1-10、图5-1-11所示。

图 5-1-10　设置属性栏

Step 5　选择工具箱中椭圆工具绘制标志上部形状，并运用造型工具对其三个图形进行焊接，如图5-1-12～图5-1-14所示。

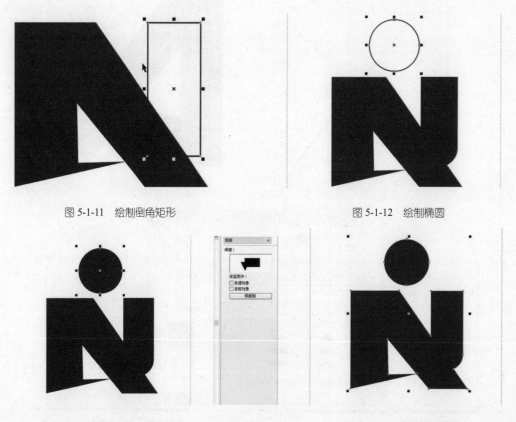

图 5-1-11　绘制倒角矩形　　　　　　　　　　　　　图 5-1-12　绘制椭圆

图 5-1-13　焊接图形　　　　　　　　　　　　　　图 5-1-14　焊接后的图形

Step 6 选择工具箱中矩形工具绘制标志的外框形状，并将矩形上边两个角设置为倒角圆，如图5-1-15、图5-1-16所示。

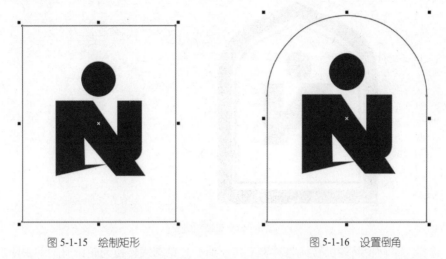

图 5-1-15 绘制矩形   图 5-1-16 设置倒角

Step 7 选择绘制好的倒角矩形并将其转换为曲线，然后选择形状工具对其进行调整，如图5-1-17、图5-1-18所示。

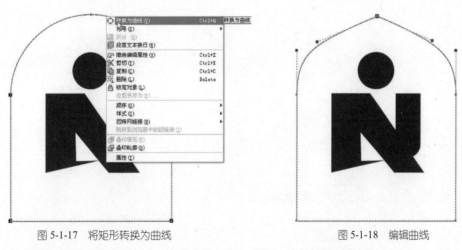

图 5-1-17 将矩形转换为曲线   图 5-1-18 编辑曲线

Step 8 选择工具箱中轮廓工具对编辑过的曲线进行加粗，然后等比例复制该曲线，如图5-1-19、图5-1-20所示。

图 5-1-19 加粗轮廓线   图 5-1-20 复制等比例曲线

Step 9　选择工具箱中的轮廓工具对最外边轮廓线进行加粗，即轮廓笔为2.0mm，如图5-1-21所示。

图 5-1-21　调整轮廓线

Step 10　选择菜单栏中将轮廓转换为对象工具分别将其轮廓线转换为轮廓对象并去除原笔触线条，然后选择填充工具分别对标志内线框及外粗框进行颜色填充，如图5-1-22、图5-1-23所示。

图 5-1-22　填充内线框颜色

图 5-1-23　填充外线框颜色

Step 11 选择工具箱中文本工具添加文本字体组合，并以CMYK模式标明颜色样本值，如图5-1-24、图5-1-25所示。

图 5-1-24 添加文本

图 5-1-25 标明CMYK值

5.2 企业文化衫设计

5.2.1 知识要点

在本节中，将学习企业文化衫、T恤的绘制，需要掌握如下工具的应用：

- 线条和形状的绘制。
- 对象颜色的填充和文本工具。
- 贝塞尔工具的使用。
- 交互式填充工具。

5.2.2 解析过程

第一步：首先新建一个页面，然后利用工具箱中矩形工具绘制文化衫的基本轮廓并添加调整的节点，如图5-2-1所示。

第二步：利用工具箱中形状工具调整节点并绘制出文化衫的基本轮廓，如图5-2-2所示。

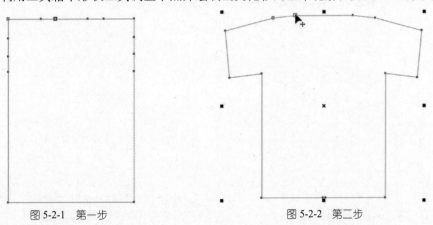

图 5-2-1 第一步   图 5-2-2 第二步

第三步：利用工具箱中贝塞尔工具和矩形工具、椭圆工具绘制文化衫衣领部分，如图5-2-3所示。

第四步：利用工具箱中填充工具分别对绘制文化衫衣领、衣身等部分进行颜色填充，如图5-2-4所示。

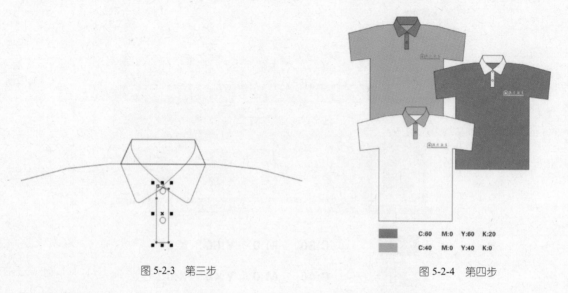

图 5-2-3　第三步　　　　　　　　　　　　　　　　　图 5-2-4　第四步

	C:60　M:0　Y:60　K:20
	C:40　M:0　Y:40　K:0

5.2.3　步骤分解

企业文化衫制作的具体绘制步骤如下：

Step 1　选择工具箱中矩形工具绘制文化衫衣身的基本轮廓并将其转换为曲线，然后利用形状工具对其细节调整，如图5-2-5、图5-2-6所示。

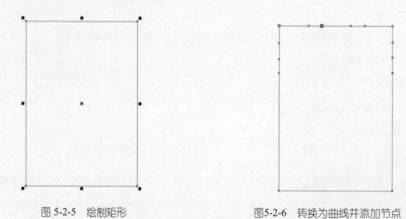

图 5-2-5　绘制矩形　　　　　　　　　　图5-2-6　转换为曲线并添加节点

Step 2　选择工具箱中形状工具调整曲线并完成文化衫衣身的基本轮廓，如图5-2-7、图5-2-8所示。

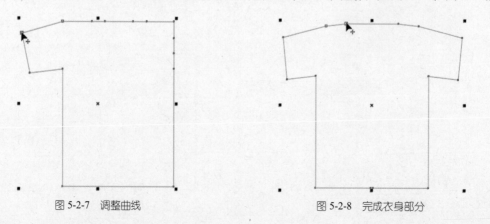

图 5-2-7　调整曲线　　　　　　　　　　图 5-2-8　完成衣身部分

Step 3 选择工具箱中贝塞尔工具绘制文化衫衣领的基本轮廓，然后利用形状工具对其细节调整，如图5-2-9～图5-2-12所示。

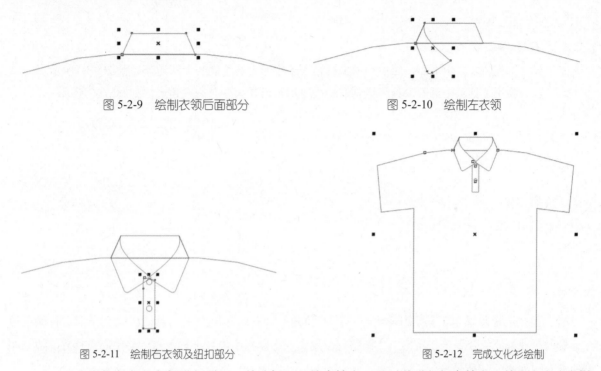

图 5-2-9 绘制衣领后面部分　　　　　　　图 5-2-10 绘制左衣领

图 5-2-11 绘制右衣领及纽扣部分　　　　　图 5-2-12 完成文化衫绘制

Step 4 分别将衣身及衣领进行群组，并选择工具箱中填充工具对其进行颜色填充，结合企业文化特点，将其文化衫设计成三种色系，如图5-2-13、图5-2-14所示。

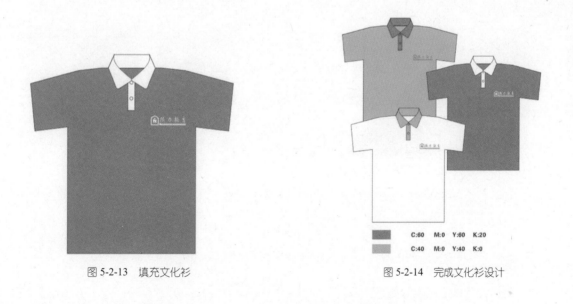

图 5-2-13 填充文化衫　　　　　　　　　图 5-2-14 完成文化衫设计

5.3 户外伞设计

5.3.1 知识要点

在本节中，将学习户外伞的绘制，需要掌握如下工具的应用：

● 刻刀工具的使用。

- 多边形的使用。
- 旋转工具的使用。
- 交互式填充工具。

5.3.2 解析过程

第一步：首先新建一个页面，然后利用工具箱中多边形工具绘制一个八边形，如图5-3-1所示。

第二步：利用工具箱中刻刀工具将绘制好的八边形切出其八分之一三角形，如图5-3-2所示。

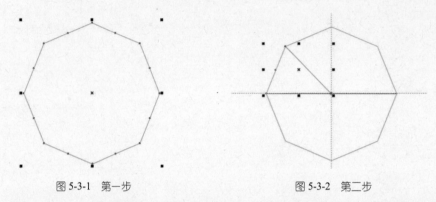

图 5-3-1 第一步　　　　　　　　图 5-3-2 第二步

第三步：选择贝塞尔工具绘制伞架（露出的顶角），并选择填充工具对切出的三角形进行颜色填充。导入企业标志组合置于三角形上，调整好位置。双击鼠标出现可旋转角点，将中心点移置等边三角形顶点处，如图5-3-3所示。

第四步：选择旋转复制工具对三角形进行旋转复制，并选择颜色填充工具分别对各个三角形及企业标志更改其颜色，如图5-3-4所示。

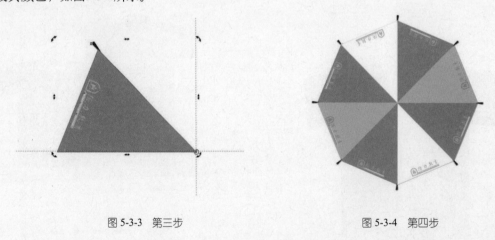

图 5-3-3 第三步　　　　　　　　图 5-3-4 第四步

5.3.3 步骤分解

户外伞制作的具体绘制步骤如下：

Step 1 选择工具箱中多边形工具绘制多边形，在其属性栏中将多边形边数更改8，则绘制出一个八边形，如图5-3-5～图5-3-7所示。

图 5-3-5 多边形属性栏

图 5-3-6 绘制多边形

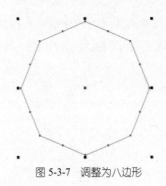

图 5-3-7 调整为八边形

Step 2 选择工具箱中刻刀工具对绘制的多边形进行拆分，则拆分出一个四边形，如图5-3-8～图5-3-11所示。

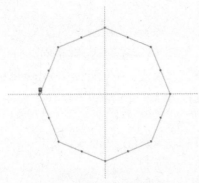

图 5-3-8 运用刻刀工具选择第一点

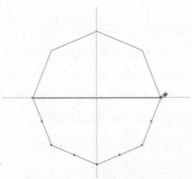

图 5-3-9 刻刀工具移至第二点

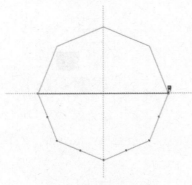

图 5-3-10 执行刻刀工具

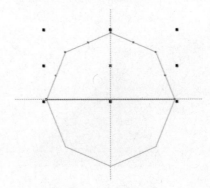

图 5-3-11 拆分出四边形

Step 3 选择工具箱中刻刀工具对拆分出的四边形再次进行拆分，则拆分出一个三角形，如图5-3-12、图5-3-13所示。

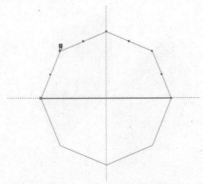

图 5-3-12 运用刻刀工具选择第一点

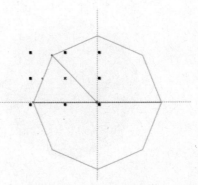

图 5-3-13 拆分出三角形

Step 4 选择拆分出的三角形在其角点处运用贝塞尔工具绘制出伞架（露出的顶角），选择交互式填充工具分别对三角形和顶角进行填充，导入企业标志文字组合将其置于三角形上，如图5-3-14、图5-3-15所示。

图 5-3-14 删除拆分的剩余图形   图 5-3-15 绘制顶角并填充颜色

Step 5 群组三角形、企业标志文字组合以及顶角。双击使其对象处于可以旋转的状态并调整其中心点位置到三角形一顶点处。选择菜单栏中变换—旋转，在其变换对话框设置旋转角度为45°。然后执行应用到再制，如图5-3-16～图5-3-18所示。

Step 6 选择交互式颜色填充工具分别对各个三角形及企业标志等颜色进行更改。至此，户外伞效果图完成了，如图5-3-19所示。

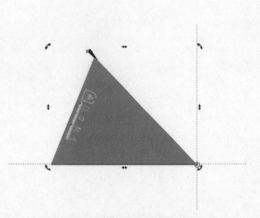

图 5-3-16 群组对象并调整中心点   图 5-3-17 变换对话框

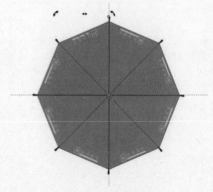

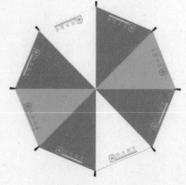

图 5-3-18 旋转复制   图 5-3-19 户外伞完成

5.4 茶杯、纸杯的设计

5.4.1 知识要点

在本节中，将学习茶杯、纸杯的绘制，需要掌握如下工具的应用：

- 矩形工具和贝塞尔工具的使用。
- 交互式渐变填充工具。
- 交互式纹理填充。

5.4.2 解析过程

第一步：首先新建一个页面，然后利用工具箱中矩形工具绘制茶杯杯身部分，如图5-4-1所示。

第二步：选择交互式填充工具对杯身进行填充，并选择贝塞尔工具绘制茶杯把子，如图5-4-2所示。

第三步：选择交互式填充工具对茶杯把子进行填充，选择矩形工具绘制茶杯杯身装饰图形并进行纹理填充，如图5-4-3所示。

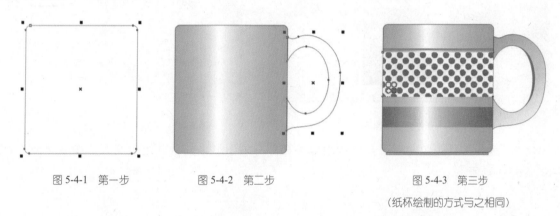

图 5-4-1　第一步　　　　图 5-4-2　第二步　　　　图 5-4-3　第三步

（纸杯绘制的方式与之相同）

5.4.3 步骤分解

茶杯、纸杯制作的具体绘制步骤如下：

Step 1　选择工具箱中矩形工具绘制茶杯杯身部分并将其转换为曲线，如图5-4-4所示。

Step 2　选择工具箱中填充工具对绘制的茶杯杯身部分进行颜色渐变填充，如图5-4-5所示。

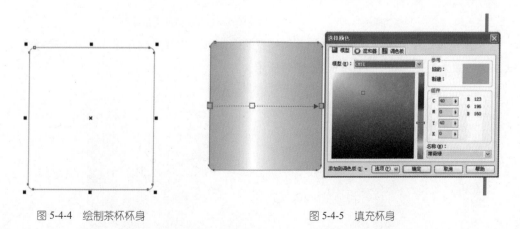

图 5-4-4　绘制茶杯杯身　　　　　　　　图 5-4-5　填充杯身

Step 3　选择工具箱中贝塞尔工具绘制茶杯把子部分，如图5-4-6所示。

Step 4　选择工具箱中交互式填充工具对绘制好的茶杯把子部分进行交互式填充，如图5-4-7所示。

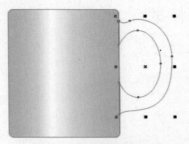

图 5-4-6　绘制茶杯把子

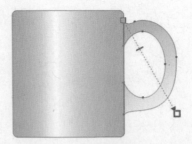

图 5-4-7　填充茶杯把子

Step 5　选择工具箱中矩形工具和贝塞尔工具分别绘制茶杯杯身及茶杯把子阴影的图形，并对其进行交互式渐变填充，如图5-4-8、图5-4-9所示。

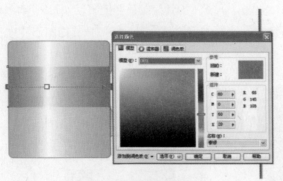

图 5-4-8　渐变填充杯身图形

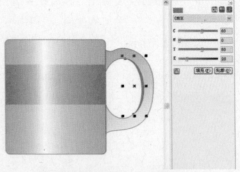

图 5-4-9　绘制茶杯把子阴影图形

Step 6　选择工具箱中矩形工具继续绘制茶杯杯身的图形，并对其进行交互式渐变填充，如图5-4-10、图5-4-11所示。

图 5-4-10　绘制杯身装饰线条

图 5-4-11　渐变填充杯身装饰图形

Step 7　选择工具箱中填充工具对绘制的茶杯杯身的图形进行交互式纹理填充，从而选择交互式透明工具对其作透明效果处理，如图5-4-12～图5-4-14所示。

图 5-4-12　填充纹理

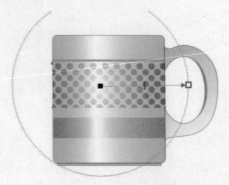

图 5-4-13　运用交互式透明工具

图 5-4-14　交互式透明工具属性栏

Step 8　导入企业标志文字组合并将其放置适当的位置，至此，茶杯完成了，如图5-4-15所示。

Step 9　选择矩形工具绘制纸杯外轮廓图形，将其转换为曲线并运用形状工具对其进行调整，如图5-4-16所示。

Step 10　选择矩形工具绘制纸杯杯口图形，并运用形状工具对其进行调整，如图5-4-17所示。

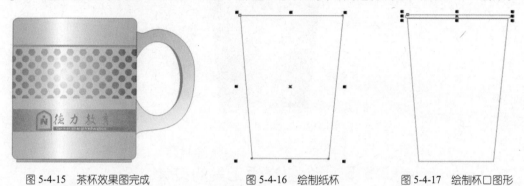

图 5-4-15　茶杯效果图完成　　　图 5-4-16　绘制纸杯　　　图 5-4-17　绘制杯口图形

Step 11　选择绘制的纸杯图形运用交互式填充工具进行颜色填充，如图5-4-18所示。

Step 12　选择矩形工具绘制的纸杯杯身图形，如图5-4-19所示。

Step 13　选择交互式填充工具填充绘制好的纸杯杯身图形，如图5-4-20、图5-4-21所示。

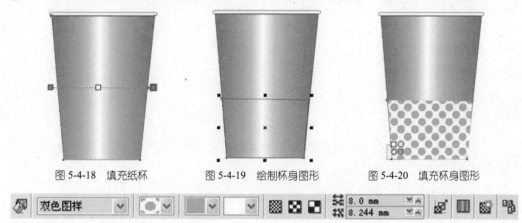

图 5-4-18　填充纸杯　　　图 5-4-19　绘制杯身图形　　　图 5-4-20　填充杯身图形

图 5-4-21　交互式填充工具属性栏

Step 14　选择交互式透明工具对填充的图形进行透明效果处理，如图5-4-22、图5-4-23所示。

图 5-4-22 交互式填充工具

图 5-4-23　交互式透明工具属性栏

Step 15 导入企业标志文字组合并将其放置适当的位置，至此，纸杯完成了，如图5-4-24所示。

图 5-4-24　纸杯效果图完成

5.5　企业交通工具的设计

5.5.1　知识要点

在本节中，将学习企业交通工具的绘制，需要掌握如下工具的应用：

- 矩形工具的使用。
- 形状工具的使用。
- 贝塞尔工具的使用。
- 交互式填充工具的使用。
- 交互式透明工具的使用。

5.5.2　解析过程

第一步：首先新建一个页面，然后利用工具箱中矩形工具绘制交通工具车身部分，将其转换为曲线并利用形状工具进行调整，如图5-5-1所示。

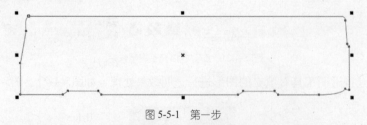

图 5-5-1　第一步

第二步：利用工具箱中矩形工具和贝塞尔工具绘制交通工具车身下半部分形状及车顶细节部分，然后将其转换为曲线并利用形状工具进行调整，如图5-5-2所示。

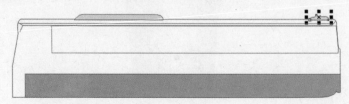

图 5-5-2　第二步

第三步：利用工具箱中矩形工具绘制交通工具车身窗户部分，并利用交互式渐变填充工具对其进行颜色填充，如图5-5-3所示。

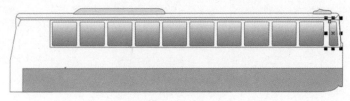

图 5-5-3　第三步

第四步：利用工具箱中矩形工具、椭圆工具和贝塞尔工具绘制交通工具其他部分及细节部分，导入企业标志文字组合，并将标志运用于车身上，如图5-5-4所示。

图 5-5-4　第四步

5.5.3　步骤分解

企业交通工具制作的具体绘制步骤如下：

Step 1　选择工具箱中矩形工具绘制汽车车身部分并将其转换为曲线运用形状工具进行调整，如图5-5-5所示。

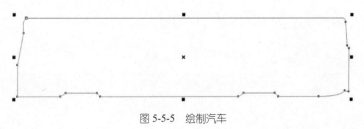

图 5-5-5　绘制汽车

Step 2　选择工具箱中贝塞尔工具绘制汽车车身下半部分图形并将其转换为曲线运用形状工具进行调整，如图5-5-6所示。

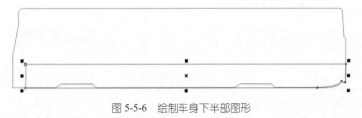

图 5-5-6　绘制车身下半部图形

Step 3　选择工具箱中矩形工具绘制汽车车身窗户部分图形，如图5-5-7、图5-5-8所示。

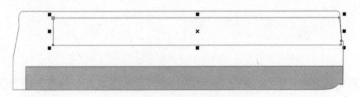

图 5-5-7 绘制车身窗户部分图形

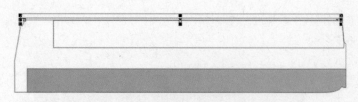

图 5-5-8　绘制车身窗户上缘

Step 4　选择工具箱中矩形工具及贝塞尔工具绘制汽车车顶部分图形，如图5-5-9、图5-5-10所示。

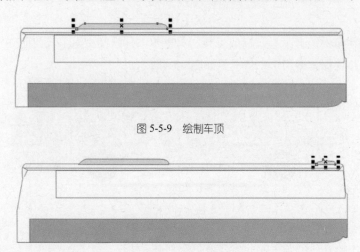

图 5-5-9　绘制车顶

图 5-5-10　绘制车顶尾部

Step 5　选择工具箱中矩形工具绘制汽车窗户并复制，如图5-5-11～图5-5-13所示。

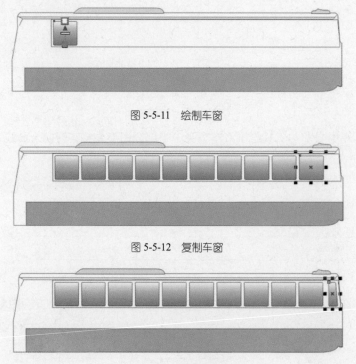

图 5-5-11　绘制车窗

图 5-5-12　复制车窗

图 5-5-13　调整车窗

Step 6　选择工具箱中贝塞尔工具绘制汽车车身中部图形并选择填充工具对其填充颜色，如图5-5-14～图5-5-16所示。

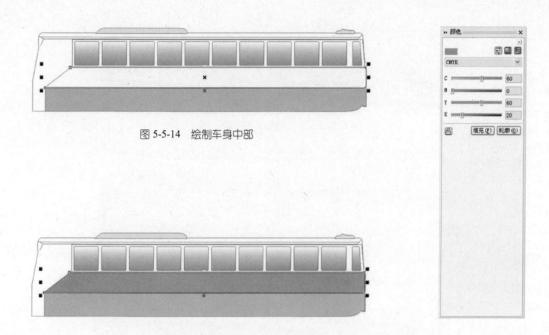

图 5-5-14 绘制车身中部

图 5-5-15 填充颜色　　　　　　　　　　　　　图 5-5-16 颜色对话框

　　Step 7 选择工具箱中矩形工具和贝塞尔工具分别绘制汽车车门框、车门并选择填充工具对其填充颜色，如图5-5-17～图5-5-19所示。

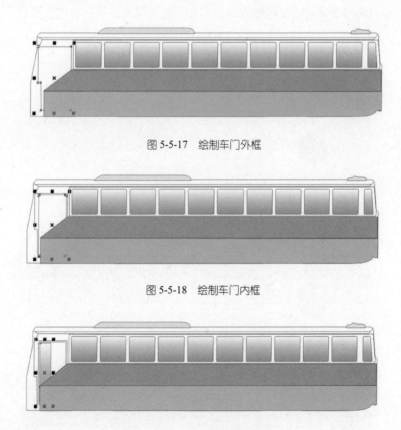

图 5-5-17 绘制车门外框

图 5-5-18 绘制车门内框

图 5-5-19 绘制车门

　　Step 8 选择工具箱中矩形工具和贝塞尔工具分别绘制汽车车前玻璃、保险杠、反光后视镜并选择填充工具对其填充颜色，如图5-5-20～图5-5-22所示。

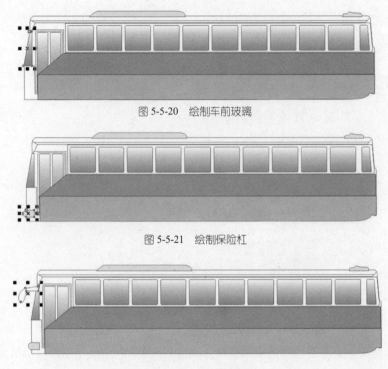

图 5-5-20　绘制车前玻璃

图 5-5-21　绘制保险杠

图 5-5-22　绘制反光镜

Step 9　选择工具箱中椭圆工具逐步绘制汽车前车轮并选择填充工具对其填充颜色，如图5-5-23～图5-5-27所示。

图 5-5-23　绘制车轮第1步

图 5-5-24　绘制车轮第2步

图 5-5-25　绘制车轮第3步

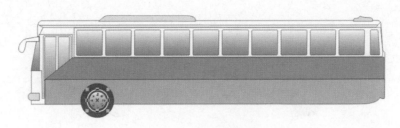

图 5-5-26 绘制车轮第4步

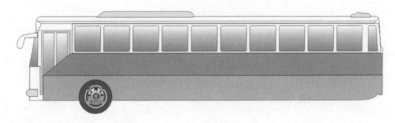

图 5-5-27 绘制车轮第5步

Step 10 选择绘制好的汽车前车轮复制后车轮，如图5-5-28所示。

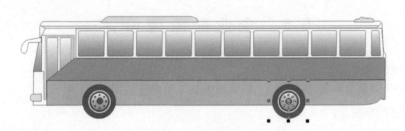

图 5-5-28 复制车轮

Step 11 选择矩形工具及线条工具绘制出车身下半部细节部分，如图5-5-29、图5-5-30所示。

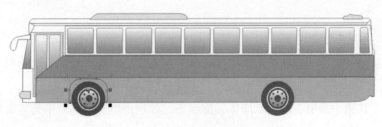

图 5-5-29 绘制细节1

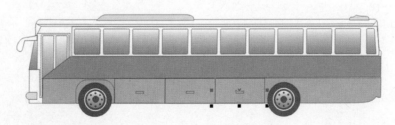

图 5-5-30 绘制细节2

Step 12 选择椭圆工具添加阴影并导入企业标志文字组合置于车身上，运用标志进行有序的排列组合，至此，企业交通工具完成了，如图5-5-31、图5-5-32所示。

图 5-5-31　导入企业标志

图 5-5-32　企业交通工具效果图完成

5.6　企业形象墙设计

5.6.1　知识要点

在本节中，将学习企业形象墙的绘制，需要掌握如下工具的应用：

- 线条和形状的绘制。
- 对象颜色的填充。
- 交互式填充工具。
- 填充渐变工具。
- 导入位图工具。

5.6.2　解析过程

第一步：首先新建一个页面，然后利用工具箱中矩形工具绘制墙体及形象墙轮廓并将墙体填充为灰色，如图5-6-1所示。

第二步：利用工具箱中矩形工具绘制墙体装饰线条，并利用填充工具分别为装饰线条和形象墙填充颜色，如图5-6-2所示。

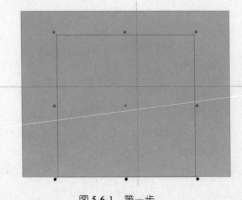

图 5-6-1　第一步

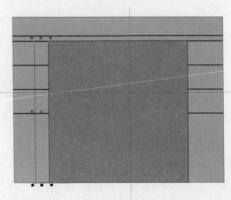

图 5-6-2　第二步

第三步：利用工具箱中矩形工具绘制形象墙两边装饰柱面，并利用填充工具进行渐变填充，如图5-6-3所示。

第四步：利用工具箱中椭圆工具绘制形象墙上射灯关域网，并利用填充工具进行渐变填充。然后导入半个植物及企业标志文字组合，即形象墙完成，如图5-6-4所示。

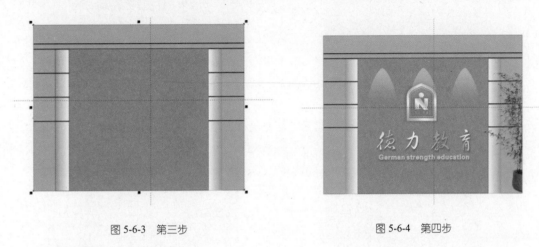

图 5-6-3　第三步　　　　　　　　　　　　　　　图 5-6-4　第四步

5.6.3　步骤分解

企业形象墙制作的具体绘制步骤如下：

Step 1　选择矩形工具绘制墙体大小并运用填充工具对其填充灰色，如图5-6-5、图5-6-6所示。

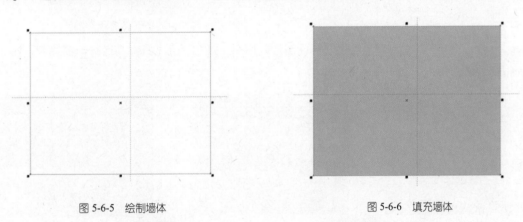

图 5-6-5　绘制墙体　　　　　　　　　　　　　　图 5-6-6　填充墙体

Step 2　选择矩形工具绘制形象墙面大小并运用填充工具对其填充颜色，如图5-6-7、图5-6-8所示。

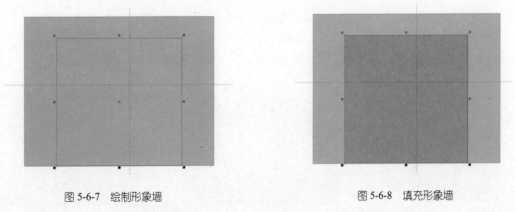

图 5-6-7　绘制形象墙　　　　　　　　　　　　　图 5-6-8　填充形象墙

Step 3　选择矩形工具绘制形象墙面装饰线条并运用填充工具对其填充颜色，如图5-6-9、图5-6-10所示。

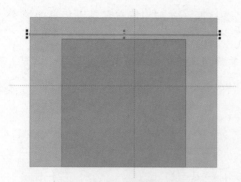
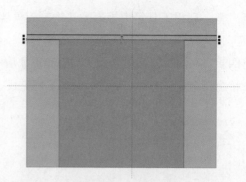

图 5-6-9 绘制装饰线条 图 5-6-10 填充装饰线条

Step 4 复制装饰线条，选择形象墙面将其置于最外层，如图5-6-11、图5-6-12所示。

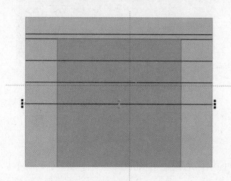
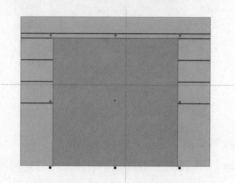

图 5-6-11 复制装饰线条 图 5-6-12 将形象墙置于前面

Step 5 选择矩形工具绘制形象墙面左柱面图形并运用交互式填充工具对其进行渐变填充颜色。然后复制右柱面，如图5-6-13～图5-6-15所示。

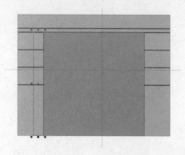
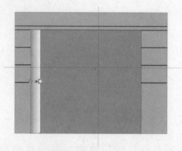
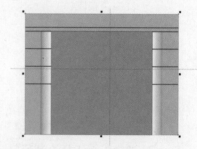

图 5-6-13 绘制柱面 图 5-6-14 填充柱面 图 5-6-15 复制右柱面

Step 6 导入企业标志，并选择交互式渐变填充工具对其进行渐变填充（不锈钢光泽处理），如图5-6-16、图5-6-17所示。

Step 7 选择交互式阴影工具对其进行设置阴影效果，如图5-6-18、图5-6-19所示。

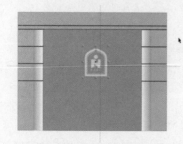
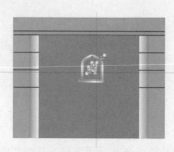

图 5-6-16 导入企业标志 图 5-6-17 交互式填充标志 图 5-6-18 交互式阴影效果

图 5-6-19 交互式阴影工具属性栏

Step 8 同理,导入文字,并选择交互式渐变填充工具对其进行渐变填充(不锈钢光泽处理)。然后选择交互式阴影工具对其设置阴影,如图5-6-20、图5-6-21所示。

图 5-6-20 添加交互式阴影

图 5-6-21 交互式阴影工具属性栏

Step 9 导入位图,给形象墙柱旁添加植物,如图5-6-22~图5-6-24所示。

图 5-6-22 导入工具

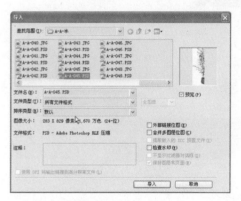

图 5-6-23 导入对话框

图 5-6-24 导入位图效果

Step 10 选择椭圆工具绘制射灯光域网形状,运用交互式透明工具对其进行透明处理,如图5-6-25~图5-6-29所示。

图 5-6-25 绘制射灯光域网

图 5-6-26 调整射灯光域网

图 5-6-27 交互式透明

图 5-6-28 复制射灯

图 5-6-29 企业形象墙效果图完成

5.7 上机练习

上机练习设计一辆火车——和谐号动车组，效果如图5-7-1所示。

1. 利用工具箱中矩形工具、椭圆工具，勾画动车的主体。

2. 利用工具箱中的形状工具进行调整。

3. 利用工具箱中的文本工具在动车上添加适当的文本字样。

4. 利用工具箱中的贝塞尔工具绘制出动车细节部分。

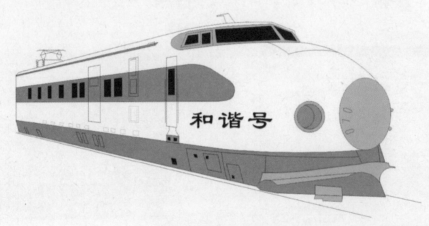

图 5-7-1 和谐号动车组

第6章

包 装 设 计

本章要点：

- 结合广告设计专业中包装设计部分学习CorelDRAW软件应用于包装设计中各项工作。
- 本章涉及到文本工具、矩形工具、轮廓工具、多边形工具、贝塞尔工具、形状工具、填充工具以及交互式透明工具等的运用。

本章案例效果图如图6-0-1～图6-0-3所示。

图 6-0-1 "真滋味"果汁包装盒
设计案例

图 6-0-2 酸奶包装盒
设计案例

图 6-0-3 手提袋
设计案例

6.1 "真滋味"果汁包装盒设计

6.1.1 知识要点

在本节中，将学习果汁饮料包装盒的绘制，需要掌握以下几个知识点。

- 线条和形状的绘制。
- 对象颜色的填充和文本工具。
- 贝塞尔工具的使用。
- 交互式填充工具。
- 透镜工具的使用。

● 位图导入的使用。

6.1.2　解析过程

第一步：首先新建一个页面，利用工具箱中矩形工具绘制包装盒立面，然后利用交互式立体化工具对进行立体化处理，如图6-1-1所示。

第二步：拆分立体化群组图层并删除看不到的三面，利用工具箱中交互式填充工具分别对各面进行填充，利用工具箱中形状工具对其顶面、立面及右侧面进行调整，如图6-1-2所示。

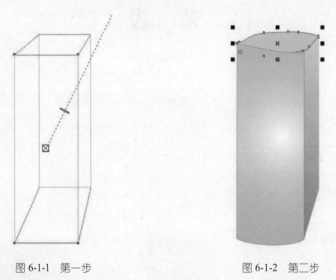

图 6-1-1　第一步　　　　　　　　　　　　图 6-1-2　第二步

第三步：利用工具箱中椭圆工具和贝塞尔工具绘制包装盒盖子及瓶颈部分，并利用工具箱中交互式填充工具分别对其进行渐变填充，如图6-1-3所示。

第四步：利用菜单栏中"导入"命令导入水果置于盒身并有序排列，并利用工具箱中椭圆工具、文本工具等分别绘制果汁名称及标志等细节。至此，果汁包装盒设计完成了，如图6-1-4所示。

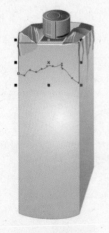 

图 6-1-3　第三步　　　　　　　　　　　　图 6-1-4　第四步

6.1.3　步骤分解

果汁包装盒制作的具体绘制步骤如下：

Step 1　运行CorelDRAW软件，新建一个页面，选择工具箱中矩形工具绘制包装盒立面，然后利用交互式立体化工具对其进行立体化处理，如图6-1-5、图6-1-6所示。

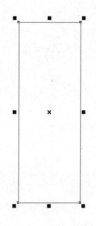

图 6-1-5 绘制立面图

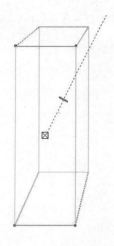

图 6-1-6 交互式立体化处理

Step 2 选择交互式立体化对象拆分立体化群组图层，然后利用交互式填充工具和交互式透明工具分别对各面进行填充和透明渐变，如图6-1-7～图6-1-10所示。

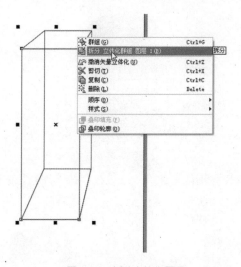

图 6-1-7 拆分立体化图层

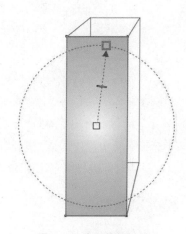

图 6-1-8 交互式渐变填充

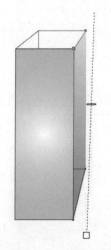

图 6-1-9 运用交互式透明工具

图 6-1-10 交互式填充

Step 3 选择拆分后立体化对象并删除看不到的面，然后利用形状工具对顶面、侧面及立面进行添加节点并调整，如图6-1-11～图6-1-13所示。

图 6-1-11　删除多余的面　　　　　图 6-1-12　添加节点并调整　　　　　图 6-1-13　调整后形体

Step 4　选择工具箱中椭圆工具绘制包装盒瓶盖顶面，同时选择交互式填充工具并分别对其进行填充，如图6-1-14、图6-1-15所示。

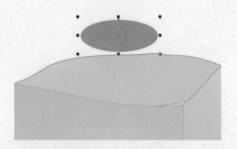 

图 6-1-14　绘制盖顶　　　　　　　　　　图 6-1-15　复制并进行交互式填充

Step 5　选择工具箱中椭圆工具、矩形工具绘制包装盒瓶盖盖身部分（进行焊接处理），同时选择交互式填充工具并分别对其进行填充，如图6-1-16～图6-1-18所示。

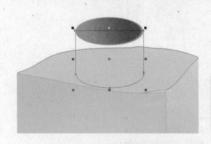  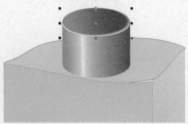

图 6-1-16　绘制瓶盖盖身　　　　　图 6-1-17　交互式渐变填充　　　　　图 6-1-18　增加瓶盖立体效果

Step 6　选择工具箱中椭圆工具、矩形工具及贝塞尔工具分别绘制包装盒瓶盖盖顶圆环及盖身装饰部分，同时选择交互式填充工具并分别对其进行填充，如图6-1-19～图6-1-22所示。

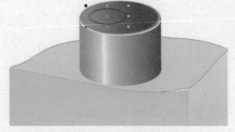 

图 6-1-19　绘制圆环　　　　　　　　　　图 6-1-20　交互式渐变

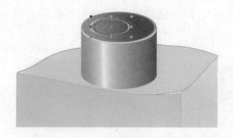

图 6-1-21　等比复制并镜像

图 6-1-22　绘制盖身装饰细节

Step 7　选择工具箱中矩形工具绘制包装盒瓶颈凹槽部分，同时选择交互式填充工具并分别对其进行填充，如图6-1-23、图6-1-24所示。

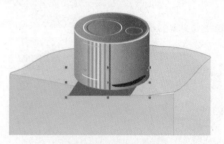

图 6-1-23　绘制瓶颈凹槽

图 6-1-24　绘制明暗面

Step 8　选择工具箱中贝塞尔工具绘制包装盒左瓶肩部分，同时选择交互式填充工具并分别对其进行填充，如图6-1-25～图6-1-31所示。

图 6-1-25　绘制左后瓶肩

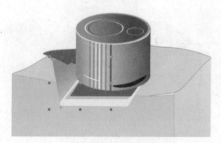

图 6-1-26　绘制左中瓶肩

图 6-1-27　绘制左前瓶肩

图 6-1-28　绘制左瓶肩

图 6-1-29　绘制左瓶肩细节装饰1

图 6-1-30　绘制左瓶肩细节装饰2

图 6-1-31　绘制左瓶肩细节装饰3

Step 9 选择工具箱中贝塞尔工具绘制包装盒右瓶肩部分，同时选择交互式填充工具并分别对其进行填充，如图6-1-32～图6-1-38所示。

图6-1-32 绘制右后瓶肩

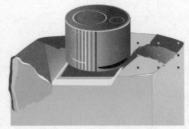

图6-1-33 绘制右中瓶肩

图6-1-34 绘制右前瓶肩

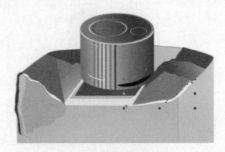

图6-1-35 绘制右前瓶肩装饰1

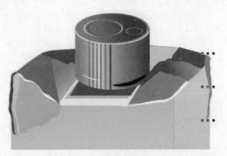

图6-1-36 绘制右前瓶肩装饰2

图6-1-37 绘制右前瓶肩装饰3

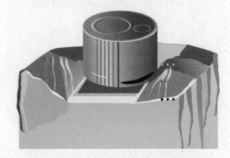

图6-1-38 绘制瓶肩部分装饰细节

Step 10 选择工具箱中贝塞尔工具绘制包装盒立面上方瓶肩部分图形，同时选择交互式填充工具并分别对其进行纹理填充，如图6-1-39～图6-1-42所示。

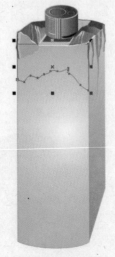

图6-1-39 绘制立面瓶肩部分图形

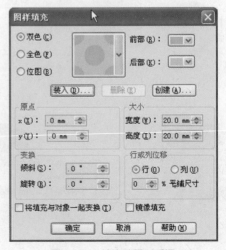

图6-1-40 填充纹理对话框

图 6-1-41　填充纹理

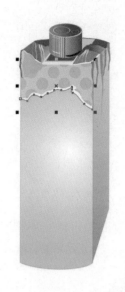

图 6-1-42　复制对象并填充为白色

Step 11　选择工具箱中椭圆工具、贝塞尔工具及文本工具绘制包装盒立面上标志部分图形，同时选择交互式填充工具分别对其进行颜色填充，如图6-1-43～图6-1-49所示。

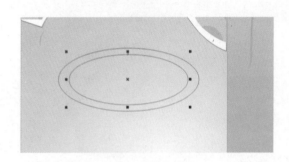

图 6-1-43　绘制椭圆

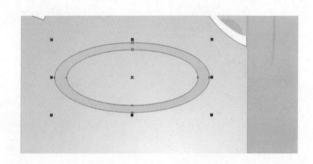

图 6-1-44　修剪成圆环

图 6-1-45　输入文本

图 6-1-46　贝塞尔工具绘制图形

图 6-1-47　填充绘制图形

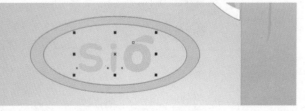

图 6-1-48　焊接文本及圆环

图 6-1-49 标志最终效果

Step 12 选择菜单栏中导入命令导入系列水果图片，并将其进行有叙排列，选择交互式透明工具对苹果进行透明处理，如图6-1-50～图6-1-54所示。

图 6-1-50 调整标志

图 6-1-51 导入香蕉图片

图 6-1-52 导入橙子及红苹果图片

图 6-1-53 导入青苹果并进行透明处理

图 6-1-54 导入菠萝图片

Step 13 选择工具箱中矩形工具绘制矩形并调整倾斜角度，选择菜单栏效果中透镜工具对其矩形进行透镜处理，如图6-1-55、图6-1-56所示。

图 6-1-55 绘制矩形并作透镜效果 　　　　　　　　图 6-1-56 透镜对话框

Step 14 选择工具箱中文本工具绘制果汁品名及系列文字，运用交互式填充工具对其进行颜色填充，如图6-1-57～图6-1-63所示。

图 6-1-57 绘制品名 　　　图 6-1-58 填充颜色 　　　图 6-1-59 绘制英文

图 6-1-60 绘制路径文字 　　图 6-1-61 绘制右侧辅助文字 　　图 6-1-62 倾斜文字 　　图 6-1-63 "真滋味"果汁包装盒效果图

6.2　酸奶包装盒设计

6.2.1　知识要点

在本节中，将学习酸奶包装盒的绘制，需要掌握以下几个知识点。

- 线条和形状的绘制。
- 对象颜色的填充和文本工具。
- 贝塞尔工具的使用。
- 交互式填充工具。
- 透镜工具的使用。
- 位图导入的使用。

6.2.2　解析过程

第一步：首先新建一个页面，利用工具箱中矩形工具绘制酸奶包装盒整个立面，然后利用形状工具对其进行细节调整，如图6-2-1所示。

第二步：利用工具箱中交互式填充工具分别对绘制酸奶包装盒整个立面进行颜色填充，如图6-2-2所示。

第三步：利用"导入"命令导入位图进行立面排版，利用工具箱中文本工具、贝塞尔工具分别绘制品名及装饰标志等细节；最后利用交互式透明工具对其设置倒影。至此，酸奶包装盒效果图完成了，如图6-2-3所示。

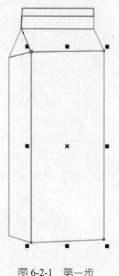
图 6-2-1　第一步

图 6-2-2　第二步

图 6-2-3　第三步

6.2.3　步骤分解

酸奶包装盒制作的具体绘制步骤如下：

Step 1　新建一个页面，选择工具箱中矩形工具、贝塞尔工具绘制包装盒立面，并选择形状工具对其进行细节调整，如图6-2-4所示。

Step 2　选择工具箱中交互式填充工具分别对包装盒各面进行交互式渐变填充，如图6-2-5～图6-2-9所示。

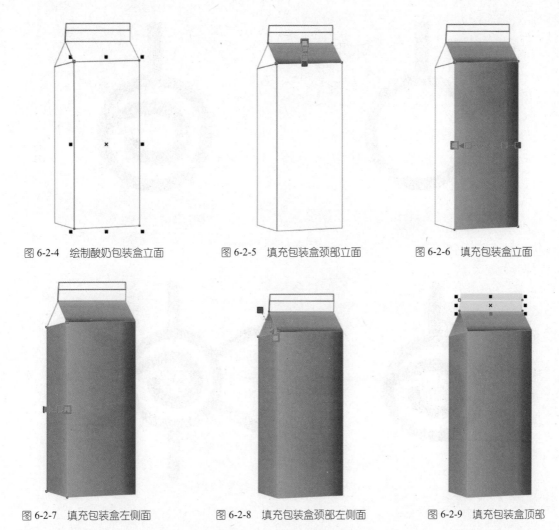

图 6-2-4 绘制酸奶包装盒立面　　　图 6-2-5 填充包装盒颈部立面　　　图 6-2-6 填充包装盒立面

图 6-2-7 填充包装盒左侧面　　　图 6-2-8 填充包装盒颈部左侧面　　　图 6-2-9 填充包装盒顶部

Step 3　选择菜单栏中"导入"命令导入位图装饰瓶身立面及左侧部分，如图6-2-10、图6-2-11所示。

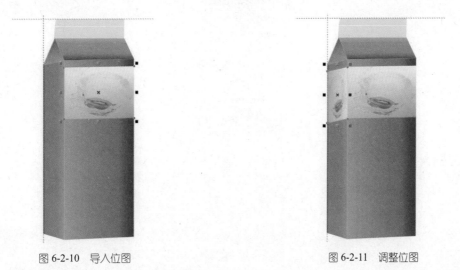

图 6-2-10 导入位图　　　　　　　　　　图 6-2-11 调整位图

Step 4　选择工具箱中椭圆工具、贝塞尔工具绘制标志，并将其线条转换为轮廓对象。选择旋转工具将线条围绕圆形进行旋转复制，如图6-2-12～图6-2-16所示。

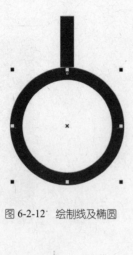

图 6-2-12　绘制线及椭圆

图 6-2-13　绘制曲线

图 6-2-14　转换为轮廓对象

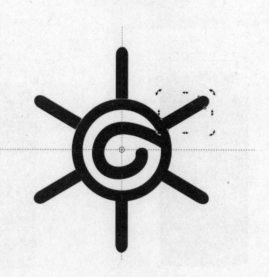

图 6-2-15　旋转复制

图 6-2-16　变换对话框

　　Step 5　选择工具箱中交互式填充工具对其进行颜色填充，并将其复制多个添加到包装盒上作为图案背景，如图6-2-17～图6-2-20所示。

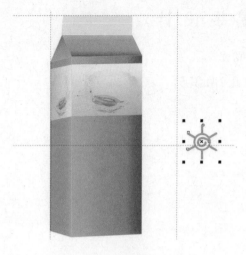

图 6-2-17 填充颜色

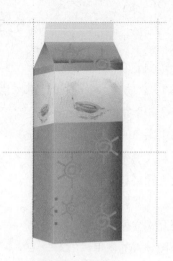

图 6-2-18 复制标志

图 6-2-19 添加矩形框并填充白色

图 6-2-20 复制加框标志

Step 6 导入位图苹果并选择交互式透明工具对苹果作透明效果处理，选择文本工具添加酸奶包装盒品名，群组所有对象并选择交互式透明工具设置酸奶包装盒倒影。至此，酸奶包装盒效果图完成了，如图6-2-21~图6-2-23所示。

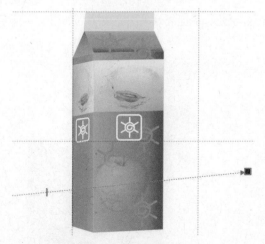

图 6-2-21 交互式透明效果

图 6-2-22 添加品名

图 6-2-23 设置倒影

6.3 手提袋设计

6.3.1 知识要点

在本节中，将学习手提袋的绘制，需要掌握以下几个知识点。

- 线条和形状的绘制。
- 对象颜色的填充和文本工具。
- 交互式填充工具。
- 交互式调和工具。
- 交互式阴影工具。
- 交互式立体化工具。
- 位图导入的使用。

6.3.2 解析过程

第一步：首先新建一个页面，利用工具箱中矩形工具绘制手提袋立面，然后利用交互式立体化工具对其进行立体化处理，如图6-3-1所示。

第二步：拆分立体化群组图层，利用工具箱中形状工具对其添加节点并进行调整，如图6-3-2所示。

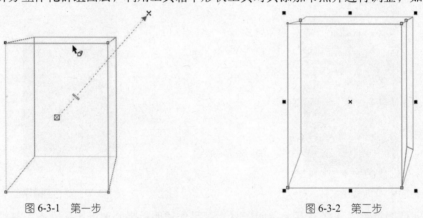

图 6-3-1 第一步　　　　　　　　　　　图 6-3-2 第二步

第三步：利用工具箱中交互式填充工具对各面进行颜色填充。利用基本形状工具绘制大小S型图形，并利用交互式调和工具对其进行调和处理，如图6-3-3所示。

第四步：利用工具箱中椭圆工具绘制手提绳。利用文本工具输入文本；利用"导入"命令导入企业标志及文本，并利用交互式阴影工具设置整个手提袋的阴影。至此，手提袋效果图完成了，如图6-3-4所示。

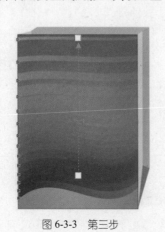

图 6-3-3 第三步

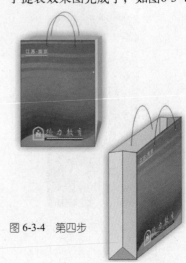

图 6-3-4 第四步

6.3.3 步骤分解

手提袋制作的具体绘制步骤如下：

Step 1 新建一个页面，选择工具箱中矩形工具绘制手提袋立面，并选择交互式立体化工具对其进行立体化处理，如图6-3-5、图6-3-6所示。

图 6-3-5 绘制手提袋立面

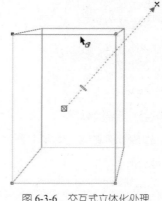

图 6-3-6 交互式立体化处理

Step 2 拆分立体化群组图层并选择工具箱中形状工具对各面添加节点并作调整，如图6-3-7、图6-3-8所示。

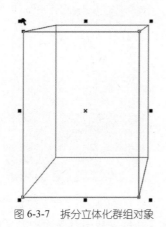

图 6-3-7 拆分立体化群组对象

图 6-3-8 调整手提袋各面

Step 3 选择工具箱中交互式填充工具对各面进行颜色填充，如图6-3-9所示。

Step 4 选择工具箱中基本形状工具绘制大小S形对象，并运用交互式填充工具对其进行填充，如图6-3-10~图6-3-12所示。

图 6-3-9 填充各面

图 6-3-10 绘制基本形状1

图 6-3-11　绘制基本形状2

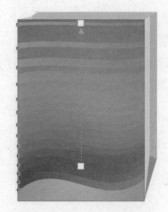

图 6-3-12　运用交互式调和

Step 5　选择工具箱中椭圆工具绘制半弧形作为手提绳，同时选择椭圆工具绘制手提袋上方绳孔，如图6-3-13、图6-3-14所示。

图 6-3-13　绘制手提绳

图 6-3-14　复制手提绳

Step 6　选择工具箱中文本工具输入文本字样，同时导入企业标志及中英文字母并运用交互式填充工具更改颜色，如图6-3-15～图6-3-17所示。

图 6-3-15　输入文本

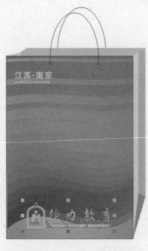

图 6-3-16　导入企业标志及文本

图 6-3-17　更改颜色

Step 7 选择手提袋正立面图形对其进行平行倾斜处理将之作为右侧面，同时运用矩形工具、贝塞尔工具、椭圆工具绘制其他各面及手提绳。群组所有对象，并运用交互式阴影工具设置阴影。至此，手提袋效果图完成了，如图6-3-18～图6-3-21所示。

图 6-3-18　平行倾斜

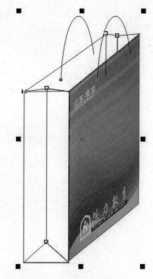

图 6-3-19　绘制各面

图 6-3-20　填充颜色

图 6-3-21　手提袋效果图完成

6.4　上 机 练 习

上机练习设计一个瓶装牛奶包装罐，效果如图6-4-1所示。

1. 利用工具箱中矩形工具、手绘工具勾画出牛奶罐的形体。

2. 利用工具箱中的形状工具进行调整。

3. 利用工具箱中的文本工具在牛奶罐上添加适当的文本字样。

4. 利用工具箱中的贝塞尔工具绘制牛奶包装罐背景海报。

图 6-4-1　牛奶包装罐

第7章

室 内 设 计 表 达

本章要点：

- 结合艺术设计专业中室内设计部分学习CorelDRAW软件的特殊效果工具。
- 掌握特殊效果的灵活应用，本章涉及文本工具、矩形工具、轮廓工具、贝塞尔工具、形状工具、填充工具以及交互式填充工具中位图图样等综合运用。

本章案例效果图如图7-0-1～图7-0-3所示。

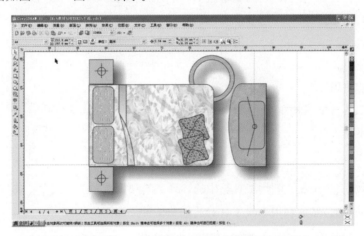

图 7-0-1　简易家具设计案例：双人床绘制

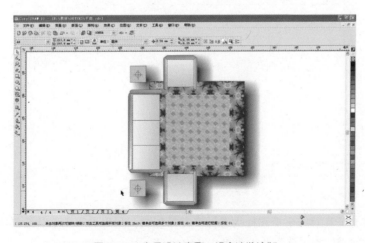

图 7-0-2　家具设计案例：组合沙发绘制

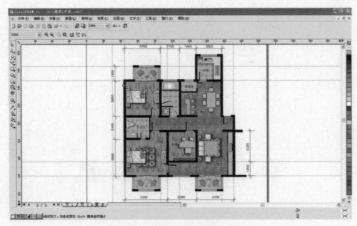

图 7-0-3　室内平面图设计案例

7.1　简易家具设计：双人床绘制

7.1.1　知识要点

在本节中，将学习双人床的绘制，需要掌握如下工具的应用：

- 线条和形状的绘制。
- 对象颜色的填充。
- 矩形工具的使用。
- 贝塞尔工具的使用。
- 交互式填充工具（位图图样的运用）。
- 交互式阴影工具。

7.1.2　解析过程

第一步：首先新建一个页面，利用工具箱中的矩形工具和贝塞尔工具绘制出床、床头柜、电视柜，以及枕头等家具的外轮廓，然后利用形状工具对其细节调整，如图 7-1-1 所示。

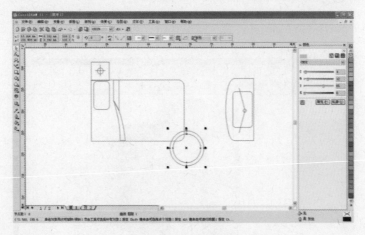

图 7-1-1 第一步

第二步：利用填充工具对床头柜和枕头进行填充并复制，利用贝塞尔工具绘制出抱枕并进行位图图样填充，最后利用交互式填充工具对双人床进行位图图样填充，如图 7-1-2 所示。

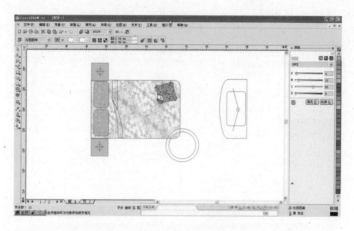

图 7-1-2　第二步

第三步：利用填充工具对电视柜及电视进一步交互式填充，群组所有家具对象并利用交互式阴影工具对其设置阴影。最后简易家具效果图完成，如图7-1-3所示。

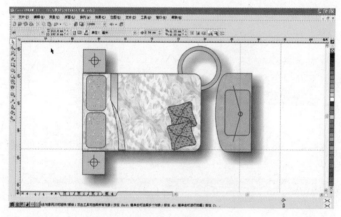

图 7-1-3　第三步

7.1.3　步骤分解

双人床组合家具绘制步骤如下：

Step 1　运行CorelDRAW软件，新建一个图形文件。运用矩形工具、椭圆工具，以及贝塞尔工具绘制家具造型，如图7-1-4所示。

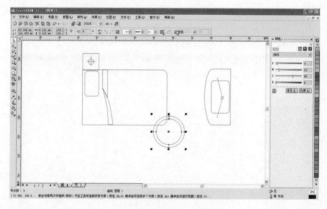

图 7-1-4　绘制家具造型

Step 2　选择填充工具对床头柜进行颜色填充并复制，如图7-1-5、图7-1-6所示。

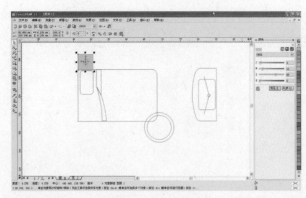

图 7-1-5　填充床头柜

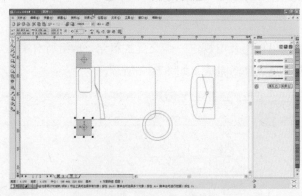

图 7-1-6　复制床头柜

Step 3　选择交互式填充工具对枕头进行位图图样填充并复制，同时对床体进行位图图样填充，如图 7-1-7、图7-1-8所示。

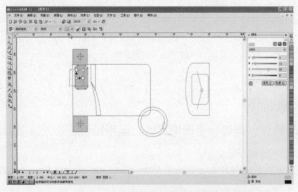

图 7-1-7　复制并填充枕头花纹

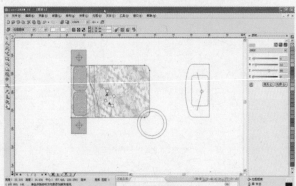

图 7-1-8　填充床体花纹

Step 4 选择贝塞尔工具绘制抱枕形状，并运用交互式填充工具对抱枕进行位图图样填充，如图7-1-9、图7-1-10所示。

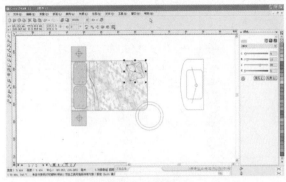

图 7-1-9 绘制抱枕

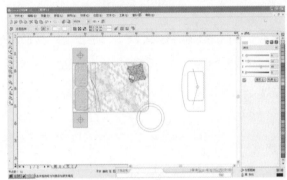

图 7-1-10 填充抱枕

Step 5 复制抱枕，选择填充工具对被单进行渐变填充；选择填充工具分别对电视柜、电视及装饰环进行纹理填充，如图7-1-11、图7-1-12所示。

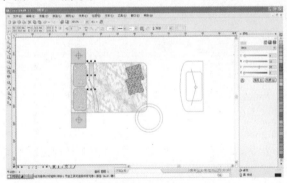

图 7-1-11 填充被单

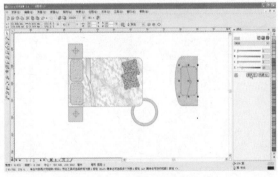

图 7-1-12 填充电视柜及装饰环

Step 6 选择所有家具对象对其进行群组，并选择交互式阴影工具对其设置阴影效果。至此，简易家具设计双人床就完成了，如图7-1-13所示。

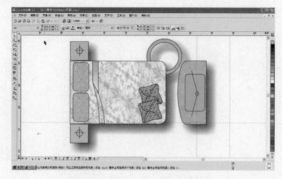

图 7-1-13 床体设计最终效果图

7.2 简易家具设计：组合沙发绘制

7.2.1 知识要点

在本节中，将学习组合沙发的绘制，需要掌握如下工具的应用：

- 线条和形状的绘制。
- 矩形工具的使用。
- 交互式填充工具。
- 交互式阴影工具。

7.2.2 解析过程

第一步：首先新建一个页面，利用工具箱中的矩形工具和贝塞尔工具绘制单人沙发、三人沙发、地毯等家具的外轮廓，然后利用形状工具对其细节调整，如图7-2-1所示。

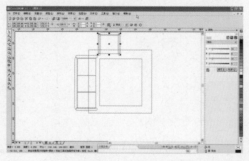

图 7-2-1 第一步

第二步：利用交互式填充工具分别对沙发组合进行渐变填充并复制，如图7-2-2所示。

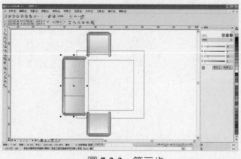

图 7-2-2 第二步

第三步：利用矩形工具、椭圆工具绘制床头柜造型，再利用交互式填充工具分别对床头柜和地毯进一步交互式填充，群组所有家具对象并利用交互式阴影工具对其设置阴影。至此，简易家具沙发组合效果图完成，如图7-2-3所示。

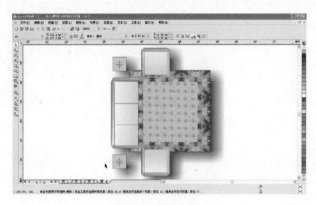

图 7-2-3 第三步

7.2.3 步骤分解

现代沙发组合家具绘制步骤如下：

Step 1 运行CorelDRAW软件，新建一个图形文件。运用矩形工具绘制家具沙发、地毯造型，如图7-2-4所示。

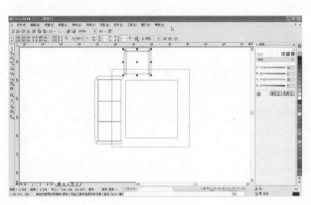

图 7-2-4 绘制沙发组合

Step 2 选择交互式填充工具对沙发单体座面进行渐变填充，如图7-2-5所示。

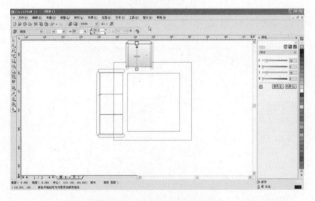

图 7-2-5 填充沙发单体座面

Step 3 选择交互式填充工具对沙发单体靠背及左右扶手进行渐变填充，如图7-2-6～图7-2-8所示。

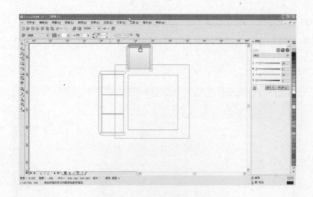

图 7-2-6 填充沙发单体靠背

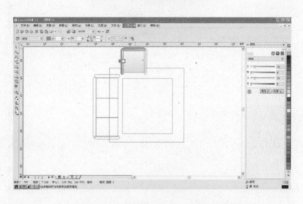

图 7-2-7 填充沙发单体右扶手

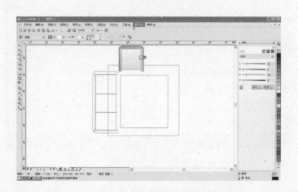

图 7-2-8 填充沙发单体左扶手

Step 4 复制单人沙发并选择交互式填充工具对三人沙发进行渐变填充，如图7-2-9所示。

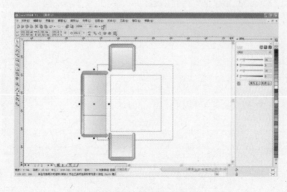

图 7-2-9 填充三人沙发

Step 5　选择交互式填充工具对地毯进行位图填充，如图7-2-10所示。

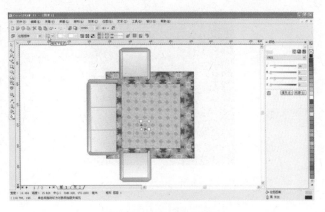

图 7-2-10　位图填充地毯

Step 6　群组所有家具对象并利用交互式阴影工具对其设置阴影。至此，简易家具沙发组合效果图就完成了，如图7-2-11所示。

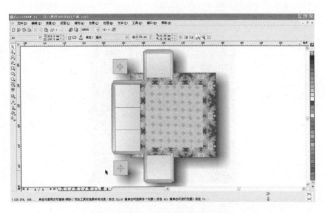

图 7-2-11　组合沙发最终效果图

7.3　室内平面图设计：三居室绘制

7.3.1　知识要点

在本节中，将学习室内平面图的绘制，需要掌握如下工具的应用：

- 贝塞尔工具的使用。
- 对象颜色的填充。
- 线条和形状的绘制。
- 矩形和椭圆工具的使用。
- 文本工具和标注的使用。
- 交互式填充工具（位图图样的运用）。
- 交互式阴影工具。

7.3.2　解析过程

第一步：首先新建一个页面，利用菜单栏中的导入工具将CAD平面图片导入于页面上，如图7-3-1所示。

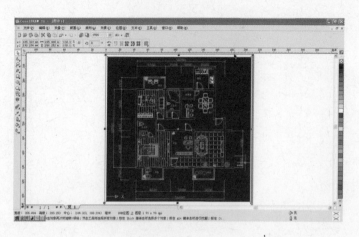

图 7-3-1　第一步

第二步：利用矩形工具和贝塞尔工具分别绘制出平面图中墙体部分、阳台和门，并利用填充工具将其填充为白色，如图7-3-2所示。

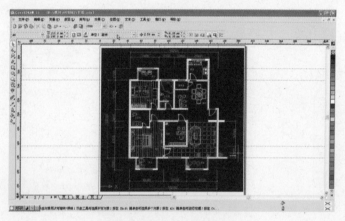

图 7-3-2　第二步

第三步：新建一页面，并复制所有绘制的平面部分到新页面中，将其颜色更改为黑色，如图7-3-3所示。

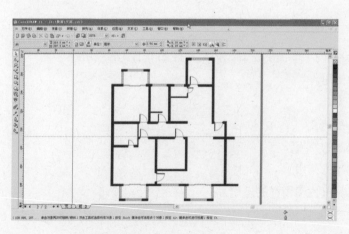

图 7-3-3　第三步

第四步：利用填充工具将平面布局中各个功能区进行位图材质填充，导入绘制的家具组合部分，利用文本工具和线条工具对各个功能区及尺寸进行标注。至此，最终效果图便完成了，如图7-3-4所示。

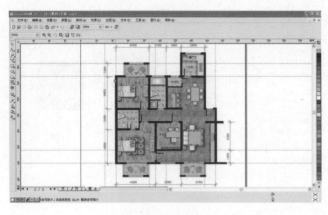

图 7-3-4　第四步

7.3.3　步骤分解

室内平面图绘制步骤如下：

Step 1　运行AutoCAD软件，打开CAD平面家装图文件。运行Hypersnap 6软件对于整个CAD运行环境进行截屏，保存为JPG格式，如图7-3-5所示。

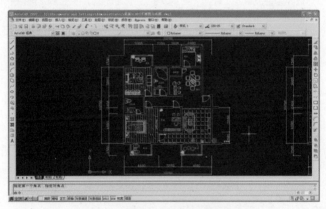

图 7-3-5　CAD平面家装图

Step 2　运行Hypersnap 6软件框选整个CAD进行截屏，保存为JPG格式。在CorelDRAW中运用导入工具将其导入到页面中，如图7-3-6、图7-3-7所示。

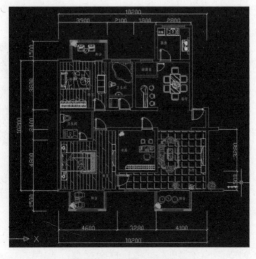

图 7-3-6　截屏CAD平面图

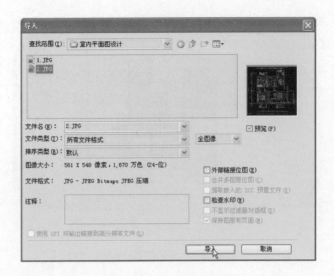

图 7-3-7 "导入"对话框

Step 3 在CorelDRAW中运用导入工具将CAD位图导入到页面中，如图7-3-8所示。

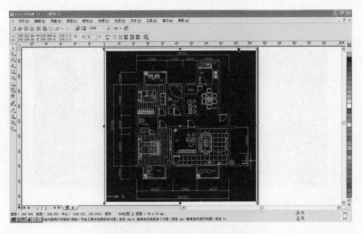

图 7-3-8 导入CAD平面图（位图格式）

Step 4 选择贝塞尔工具绘制平面图中左墙体部分，如图7-3-9所示。

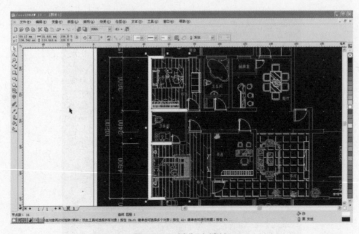

图 7-3-9 绘制左墙体

Step 5 选择贝塞尔工具绘制平面图中次卧室右半墙体部分，如图7-3-10所示。

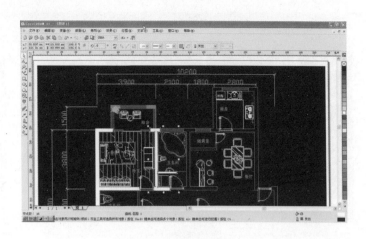

图 7-3-10　绘制卧室右半墙体

Step 6　选择贝塞尔工具绘制平面图中厨房及餐厅墙体部分，如图7-3-11所示。

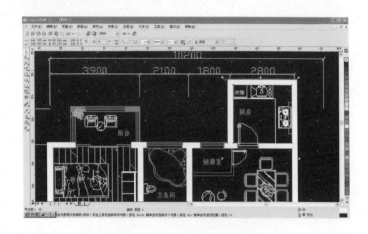

图 7-3-11　绘制厨房及餐厅墙体

Step 7　选择贝塞尔工具绘制平面图中书房墙体部分，如图7-3-12所示。

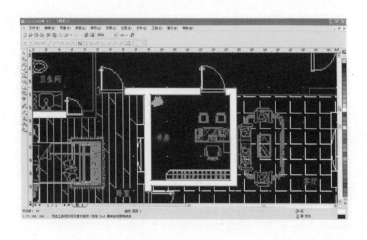

图 7-3-12　绘制书房墙体

Step 8　选择贝塞尔工具绘制平面图中剩余墙体部分直至墙体完成，如图7-3-13、图7-3-14所示。

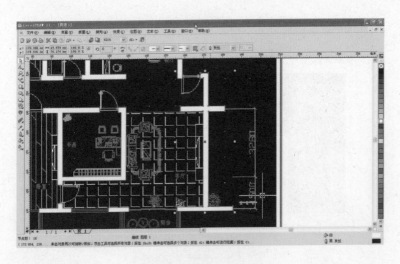

图 7-3-13　绘制剩余墙体部分

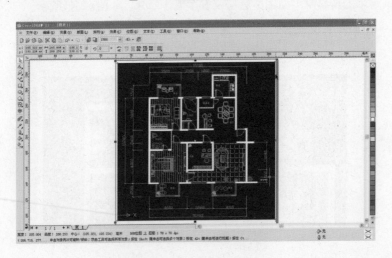

图 7-3-14　完成墙体部分绘制

Step 9　选择贝塞尔工具绘制平面图中阳台部分直至墙体阳台完成，如图7-3-15、图7-3-16所示。

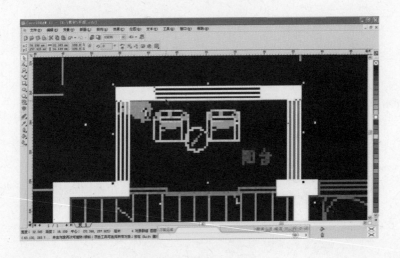

图 7-3-15　绘制阳台部分

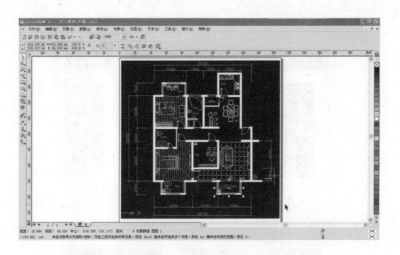

图 7-3-16 完成阳台部分

Step 10　由于之前在绘制墙体时疏忽，将厨房窗户闭合，需要对其进行修剪，选择矩形工具绘制出窗户大小，运用修剪工具对墙体进行修剪，如图7-3-17、图7-3-18所示。

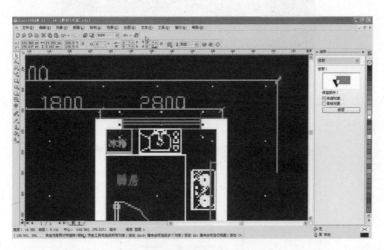

图 7-3-17　修剪墙体

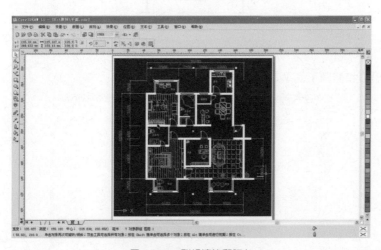

图 7-3-18　群组墙体和阳台

Step 11　选择矩形工具绘制阳台移门并分别复制其他两个阳台推拉门，如图7-3-19、图7-3-20所示。

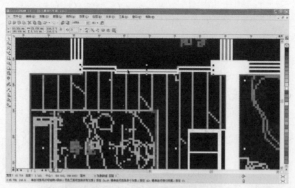

图 7-3-19　绘制推拉门

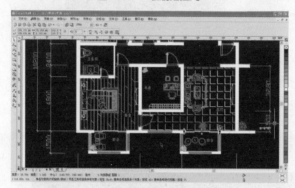

图 7-3-20　复制推拉门

Step 12　选择所有绘制的墙体、阳台、推拉门将其进行群组，复制于另一页面中并运用填充工具将其填充为黑色，如图7-3-21所示。

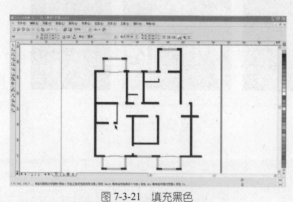

图 7-3-21　填充黑色

Step 13　选择矩形和椭圆工具绘制门，如图7-3-22所示。

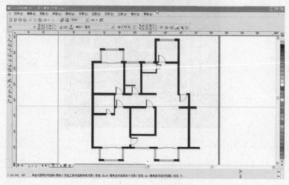

图 7-3-22　绘制门

Step 14 选择贝塞尔工具绘制要填充材质的区域，并运用交互式填充工具对其进行位图填充（地砖），如图7-3-23～图7-3-25所示。

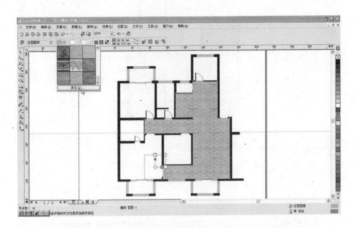

图 7-3-23 交互式位图填充

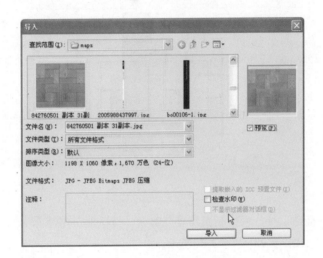

图 7-3-24 "导入"对话框

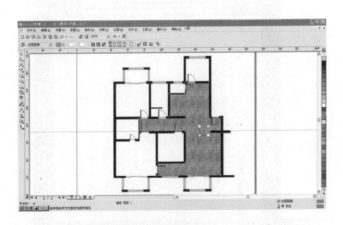

图 7-3-25 填充位图材质

Step 15 同理，选择贝塞尔工具绘制要填充材质的区域，并运用交互式填充工具对其进行位图填充（木地板和铀面砖），如图7-3-26、图7-3-27所示。

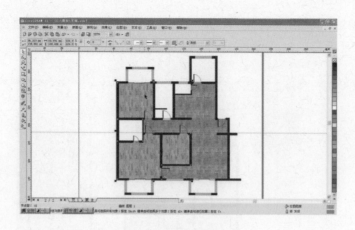

图 7-3-26　填充卧室及书房材质

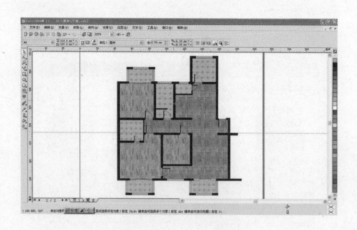

图 7-3-27　填充阳台及厨房材质

　　Step 16　选择矩形和椭圆工具分别绘制厨房煤气灶台、洗手池、电冰箱等家用电器，并运用交互式填充工具对其进行填充，如图7-3-28～图7-3-30所示。

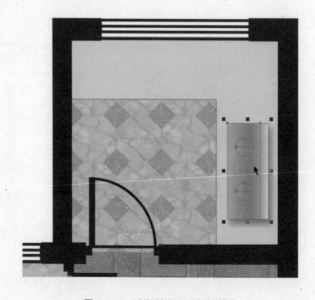

图 7-3-28　绘制并填充煤气灶颜色

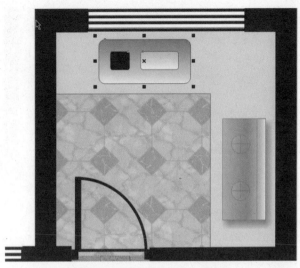

图 7-3-29 绘制并填充洗手池颜色

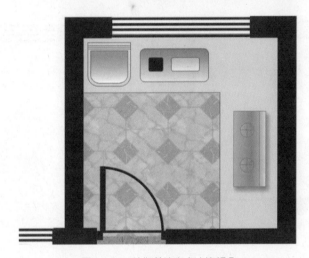

图 7-3-30 绘制并填充电冰箱颜色

　　Step 17 选择矩形和椭圆工具分别绘制餐厅餐桌椅及吧台、吧凳等家具，并运用交互式填充工具对其进行填充，如图7-3-31、图7-3-32所示。

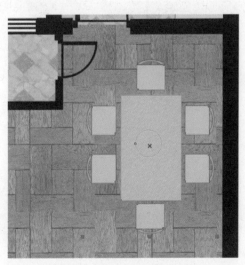

图 7-3-31 绘制并填充餐桌椅颜色

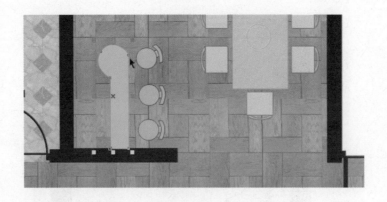

图 7-3-32　绘制并填充吧台、吧凳颜色

　　Step 18　选择矩形和椭圆工具分别绘制卫生间等卫浴设备、书房家具及阳台躺椅等家具造型，并运用交互式填充工具对其进行填充，如图7-3-33～图7-3-36所示。

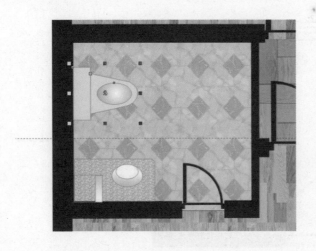

图 7-3-33　绘制并填充马桶颜色

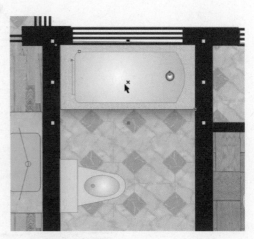

图 7-3-34　绘制并填充浴缸材质

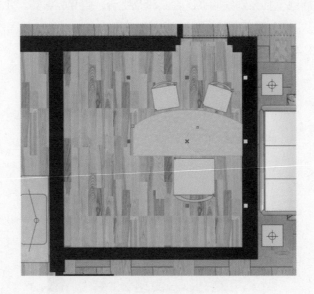

图 7-3-35　绘制并填充书房家具材质

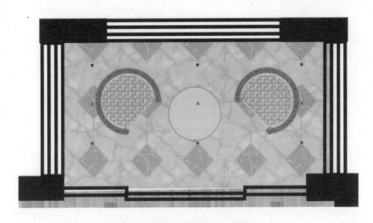

图 7-3-36　绘制并填充躺椅材质

Step 19 进一步导入原先绘制好的简易床和沙发组合分别放置相应的功能区中，则平面布局图基本完成，如图7-3-37所示。

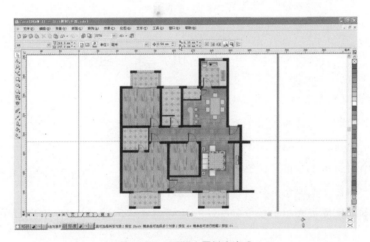

图 7-3-37　平面布局基本完成

Step 20 为了使平面图更加规范，运用线条工具及文本工具分别对平面图进行功能区和尺寸标注，同样为了使平面图整体效果更加强烈，群组各功能区家具，并运用交互式阴影工具分别对这些家具做阴影处理。至此，基本平面布局图便完成了，如图7-3-38所示。

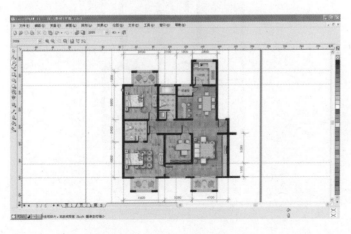

图 7-3-38　标注并运用交互式阴影

Step 21 最后，添加背景，突出室内平面布局图，便可以作为楼盘样板房宣传册，如图7-3-39所示。

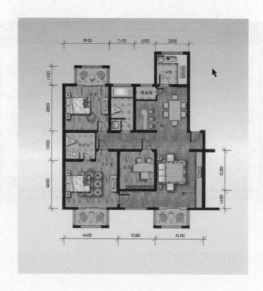

图 7-3-39　添加背景

7.4　上 机 练 习

上机练习设计室内平面布局图，效果如图7-4-1所示。

1. 利用工具箱中的矩形工具和贝塞尔工具绘制墙体及窗户部分。
2. 再利用工具箱中椭圆工具绘制门。
3. 利用工具箱中的形状工具进行调整。
4. 利用工具箱中的交互式填充工具对各功能区进行填充。
5. 最后利用文本工具及贝塞尔工具绘制标注线及标志尺寸，得到如图7-4-1所示的效果。

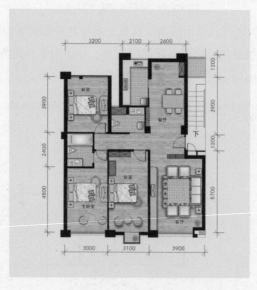

图 7-4-1　室内平面布局图

第8章

创 意 设 计 表 达

本章要点：

- 掌握CorelDRAW软件的高级效果工具。
- 掌握高级效果的实际应用（本章涉及到文本工具、矩形工具、轮廓工具、贝塞尔工具、形状工具、填充工具以及交互式工具等综合运用）。

本章案例效果图如图8-0-1、图8-0-2所示。

图 8-0-1　手机产品海报绘制案例　　　　　图 8-0-2　主题海报绘制案例

8.1　手机产品海报绘制

8.1.1　知识要点

在本节中，将学习手机产品的绘制，需要复习如下工具的应用：

- 线条和形状的绘制。
- 对象颜色的填充。
- 矩形工具的使用。
- 贝塞尔工具的使用。

- 交互式填充工具。
- 交互式调和工具。
- 交互式渐变工具。
- 交互式透明工具。
- 文本工具的使用。

8.1.2 解析过程

第一步：首先新建一个页面，利用工具箱中的矩形工具和贝塞尔工具绘制出手机的外轮廓、手机大表壳及小表壳外轮廓，然后利用形状工具对机身细节调整。最后利用填充工具进行渐变、交互式填充，同时利用交互式调和工具进行调和处理，如图8-1-1所示。

第二步：利用工具箱中的矩形工具绘制出手机的屏幕，并利用交互式填充工具进行渐变填充，同时利用交互式透明工具进行透明处理，如图8-1-2所示。

图 8-1-1 第一步

图 8-1-2 第二步

第三步：利用工具箱中的矩形工具绘制出手机的大按钮轮廓，并利用交互式填充工具对其进行填充，同时利用交互式调和工具进行调和处理，如图8-1-3所示。

第四步：利用工具箱中的基本形状工具绘制出手机屏幕心形，并利用交互式调和工具对心型做立体调和，然后利用文本工具输入文本，并利用贝塞尔工具、椭圆工具、线条工具等绘制出手机的其他的按键符号。最后对手机进行最终效果处理，如图8-1-4所示。

图 8-1-3 第三步

图 8-1-4 第四步

8.1.3 步骤分解

1. 手机主体绘制

手机主体绘制的具体步骤如下：

Step 1 运行CorelDRAW软件，新建一个图形文件，如图8-1-5所示。

Step 2 选择矩形工具绘制如图8-1-6所示的矩形。

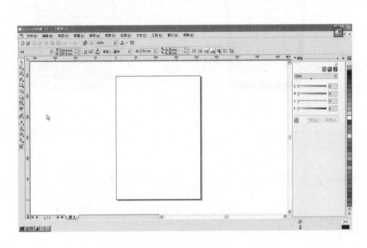

图 8-1-5 新建图形文件   图 8-1-6 绘制的矩形

Step 3 选择绘制的矩形右键（快捷键Ctrl+Q）将其转化为如图8-1-7所示的曲线，并选择形状工具对转化的矩形适当的添加节点，编辑形状如图8-1-8所示的图形。

Step 4 选择编辑过的矩形将其等比例缩小并复制图形，如图8-1-9所示。

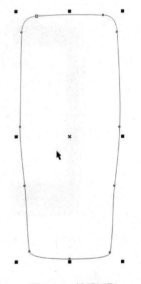

图 8-1-7 矩形转换为曲线   图 8-1-8 编辑矩形   图 8-1-9 复制等比例图形

Step 5 选择两图形并分别对其进行颜色填充，如图8-1-10所示。

Step 6 选择灰色图形并利用交互式填充工具对其进行颜色渐变，如图8-1-11所示。

Step 7 选择灰色图形并利用交互式调和工具与黑色图形进行调和。至此，手机整个外型初步确定，如图8-1-12所示。

图 8-1-10 填充图形   图 8-1-11 渐变填充图形   图 8-1-12 图形调和效果

➠ 提示：

这里利用交互式渐变工具制作的渐变效果选择射线渐变形式。

2. 手机表壳部分绘制

手机表壳部分绘制的具体步骤如下：

Step 1 选择调和图形中灰色图形（最外层图形）并利用复制工具复制出同样大小的图形，将其填充为黑色，如图8-1-13所示。

Step 2 选择黑色图形分别复制两个并缩小其对象，利用渐变填充工具分别对两个图形进行填充，如图8-1-14所示。

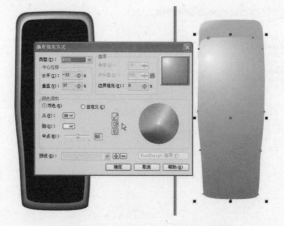

图 8-1-13 复制等比图形并填充颜色   图 8-1-14 复制图形并渐变填充颜色

➠ 提示：

因为是交互式调和图形，一般比较难选中灰色图形，可以利用Ctrl来选择。

Step 3 选择其中任一图形并利用交互式调和工具与另一个图形进行调和，如图8-1-15所示。

Step 4 选择调和图形对应到手机主体部分，并利用矩形工具绘制屏幕外表壳部分将其渐变填充，如图8-1-16、图8-1-17所示。

图 8-1-15　调和图形

图 8-1-16　绘制屏幕表壳图形

图 8-1-17　渐变填充图形

Step 5　为了增强表壳立体化效果，对其表壳图形再次进行复制并填充为白色，然后再进行等比缩小复制，将其交互式填充，效果如图8-1-18、图8-1-19所示。

Step 6　按住Ctrl键同时选择大的外表壳调和图形对表壳颜色进行调整。至此，手机表壳部分基本完成，效果如图8-1-20所示。

图 8-1-18　复制图形并填充

图 8-1-19　等比缩小复制图形并填充

图 8-1-20　更换颜色

➡ 提示：

　　等比例缩小复制图形方法是，首先选择要复制的对象，将其鼠标放置对象任意一角点处，然后一手按住键盘Shift键，一手按住鼠标向内缩小到合适大小，最后右击即完成其等比例缩小复制图形。

3．手机屏幕及按键部分绘制

手机屏幕及按键部分绘制的具体步骤如下：

Step 1　选择矩形图形创建手机屏幕并利用交互式填充工具进行颜色填充，如图8-1-21、图8-1-22所示。

图 8-1-21　利用矩形绘制屏幕

图 8-1-22　交互式填充颜色

Step 2　等比缩小复制矩形并利用交互式填充工具进行颜色填充，如图8-1-23、图8-1-24所示。

图 8-1-23　复制矩形

图 8-1-24　交互式填充屏幕

Step 3　选择矩形工具创建手机按钮，并利用交互式填充工具进行颜色填充；再次进行等比例缩小复制并填充，如图8-1-25、图8-1-26所示。

图 8-1-25　绘制按钮

图 8-1-26　交互式填充按钮

Step 4　将两个按钮图形运用交互式调和工具，如图8-1-27所示。

Step 5　为了使按钮效果更加立体化，利用矩形工具绘制按钮的底盘部分，如图8-1-28、图8-1-29所示。

图 8-1-27　将按钮交互式调和

图 8-1-28　绘制按钮上底盘

图 8-1-29　绘制按钮下底盘

Step 6　进一步复制按钮上下底盘并利用填充工具分别进行填充，如图8-1-30～图8-1-33所示。

图 8-1-30　复制并填充按钮上底盘

图 8-1-31　填充按钮下底盘

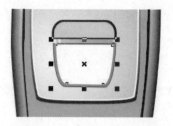

图 8-1-32　复制按钮下底盘

图 8-1-33　复制并填充按钮下底盘

Step 7　选择按钮图形将其置于最前部，如图8-1-34所示。

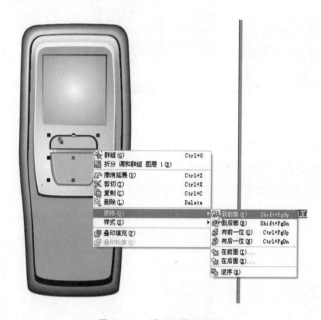

图 8-1-34　将按钮置于前部

Step 8　选择贝塞尔工具创建手机表盘按键线条分布图形，如图8-1-35所示。

Step 9　填充贝塞尔工具绘制的闭合图形为黑色并向下复制图形，将其填充为白色，增加其立体感，如图8-1-36所示。

图 8-1-35　绘制线条

图 8-1-36　填充并复制线条

Step 10　选择矩形工具绘制小按钮图形，如图8-1-37所示。

Step 11　选择交互式填充工具对小按钮图形进行填充，如图8-1-38所示。

图 8-1-37　绘制小按钮图形

图 8-1-38　填充小按钮图形

Step 12 为了增加其按钮的立体感，选择小按钮图形进行等比缩小复制并填充20%黑色，如图8-1-39所示。

Step 13 复制线条进行手机按钮表盘分布，如图8-1-40、图8-1-41所示。

图 8-1-39　等比缩小复制小按钮图形　　　　图 8-1-40　复制线条　　　　图 8-1-41　均匀分布按钮线条

4．手机按键文本制作和细节部分绘制

手机按键文本制作和细节部分绘制的具体步骤如下：

Step 1 选择文本工具对手机按钮表盘进行添加文字，如图8-1-42所示。

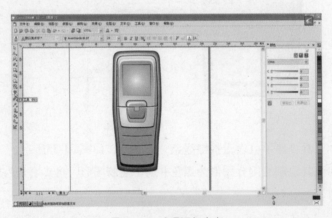

图 8-1-42　准备添加文本

Step 2 选择文本工具对手机键盘部分添加文字，如图8-1-43所示。

Step 3 选择贝塞尔工具绘制手机接听图标，如图8-1-44所示。

图 8-1-43　添加键盘文本　　　　　　　　图 8-1-44　绘制接听图标

Step 4 选择文本工具绘制手机细节文字部分。至此,手机整体基本完成,如图8-1-45～图8-1-47 所示。

图 8-1-45 绘制文本1　　　　　图 8-1-46 绘制文本2　　　　　图 8-1-47 绘制文本3

Step 5 选择基本形状工具绘制手机屏幕心形图形,如图8-1-48所示。

图 8-1-48 选择基本形状工具

Step 6 选择基本形状工具绘制手机屏幕心形图形并填充为红颜色,如图8-1-49所示。

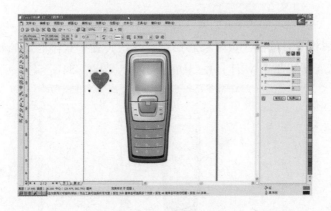

图 8-1-49 绘制心形图形

Step 7 选择红颜色心形图形等比例缩小并复制一心形,如图8-1-50所示。

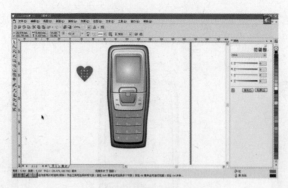

图 8-1-50　复制心形图形

Step 8　选择小心形图形填充为白色，运用交互式调和工具与另一心形图形进行交互式调和，并去掉其轮廓线，呈现立体心形，如图8-1-51、图8-1-52所示。

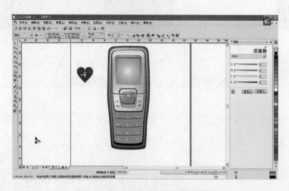

图 8-1-51　交互式调和心形图形

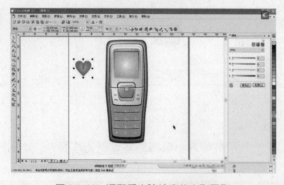

图 8-1-52　调和后去除轮廓的心形图形

Step 9　选择基本形状工具绘制手机屏幕心形轮廓并将其置于立体心形的底部，群组（快捷键Ctrl+G）其对象一并置于手机屏幕中间上方，如图8-1-53、图8-1-54所示。

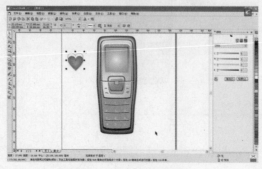

图 8-1-53　群组心形图形

图 8-1-54　置于屏幕中间

Step 10　选择椭圆工具在屏幕上方绘制出手机听筒，并将其进行交互式填充，如图8-1-55所示。

图 8-1-55　绘制听筒

Step 11　选择椭圆工具再次绘制一个小椭圆，并运用交互式透明工具进行透明渐变，如图8-1-56、图8-1-57所示。

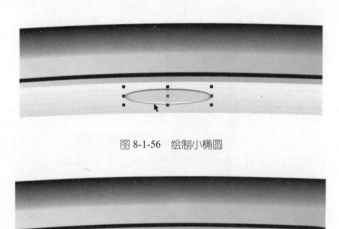

图 8-1-56　绘制小椭圆

图 8-1-57　交互式透明小椭圆

Step 12　选择椭圆工具绘制出听孔，运用交互式填充工具进行渐变填充。再次等比缩小复制椭圆作为听孔内孔，并将其轮廓去除，如图8-1-58、图8-1-59所示。

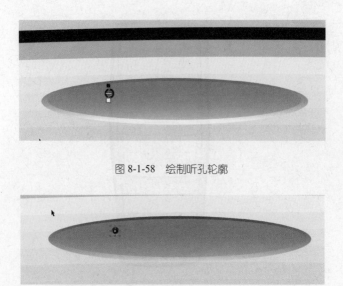

图 8-1-58　绘制听孔轮廓

图 8-1-59　绘制听孔内孔

Step 13　对听孔进行多次复制，制作出听筒最终效果，如图8-1-60所示。

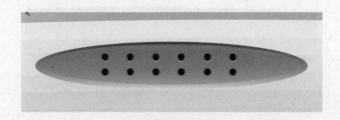

图 8-1-60　听筒最终效果

Step 14　选择所有图形对象进行群组（快捷键Ctrl+G），如图8-1-61所示。

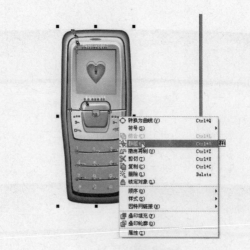

图 8-1-61　手机最终效果图

5．海报背景图绘制

海报背景图绘制的具体步骤如下：

Step 1　选择矩形工具双击，即绘制出与页面等大的矩形，运用交互式填充工具对其进行渐变填充，选择射线类型，如图8-1-62所示。

图 8-1-62 创建背景填充颜色

Step 2 选择手机屏幕中两心形,对其进行复制并将其等比例放大置于背景中间位置,将两心形置于手机后面一层,如图8-1-63所示。

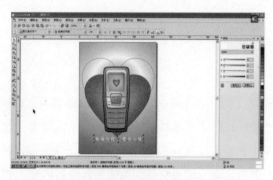

图 8-1-63 放大心形

Step 3 在手机下方添加文本即海报宣传语,群组所有对象,即完成了手机产品海报,如图8-1-64所示。

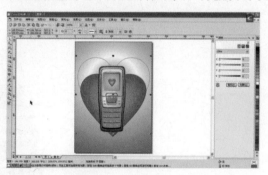

图 8-1-64 添加宣传语

Step 4 选择菜单下"文件/另存为",即将文件保存为文件名为"手机"的CDR格式,如图8-1-65所示。

图 8-1-65 正确保存文件

8.2 主 题 海 报 绘 制

8.2.1 知识要点

在本节中，将学习南京电视塔、天空以及建筑单体与群楼建筑的绘制，需复习如下工具的应用：

- 线条和形状的绘制。
- 对象颜色的填充。
- 矩形工具的使用。
- 贝塞尔工具的使用。
- 交互式填充工具。
- 交互式调和工具。
- 交互式渐变工具。
- 交互式透明工具。
- 文本工具的使用。

8.2.2 解析过程

第一步：首先新建一个页面，利用工具箱中的矩形工具绘制出南京电视塔的外轮廓，然后利用形状工具对电视塔细节进行调整，最后利用填充工具进行渐变、交互式填充。效果如图8-2-1所示。

第二步：首先利用工具箱中的矩形工具和贝塞尔工具绘制出南京阅江楼的外轮廓，然后利用形状工具对屋顶屋檐及建筑柱体进行调整，最后利用交互式填充工具进行填充。效果如图8-2-2所示。

图 8-2-1　第一步

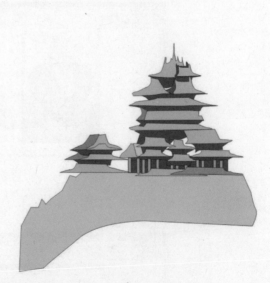

图 8-2-2　第二步

第三步：首先利用工具箱中的矩形工具和贝塞尔工具分别绘制出新城市主题建筑的外轮廓及窗户部分，然后利用形状工具对其进行调整，最后利用交互式填充工具进行填充。效果如图8-2-3所示。

第四步：利用贝塞尔工具分别绘制出植物的外轮廓，然后利用形状工具对其进行调整，最后利用填充工具进行交互式填充。注意色相对比，要求能够体现枝叶的层次感。效果如图8-2-4所示。

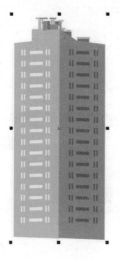

图 8-2-3　第三步

图 8-2-4　第四步

第五步：首先利用工具箱中交互式调和工具对线条进行调和绘制出背景中的天空，并利用贝塞尔工具绘制出背景中山峦的外轮廓；然后利用形状工具对其进行调整；最后利用交互式填充工具进行填充。效果如图8-2-5所示。

第六步：选择原先绘制完成的新城市主题建筑单体、阅江楼建筑、碉堡楼单体以及植物树木，运用形式美法则进行有序的组合，形成一定的层次感，并将其进行群组（快捷键Ctrl+G）。利用文本工具输入文本，导入主题标志，海报效果图便完成了，如图8-2-6所示。

图 8-2-5　第五步

图 8-2-6　第六步

8.2.3　步骤分解

1．南京电视塔绘制

南京电视塔绘制的具体步骤如下：

Step 1　选择矩形工具和贝塞尔工具绘制电视塔主体，如图8-2-7所示。

Step 2　选择渐变填充工具对电视塔顶部进行颜色渐变填充，具体参数如图8-2-8所示。

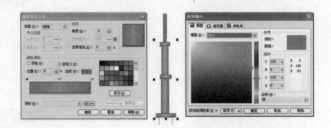

图 8-2-7　绘制电视塔　　　　　　　　　　　图 8-2-8　渐变填充电视塔顶部

　　Step 3　选择渐变填充工具对电视塔中部及其他部分进行颜色渐变填充，具体参数如图8-2-9～图8-2-11所示。

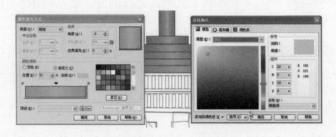

图 8-2-9　渐变填充电视塔中部（一）

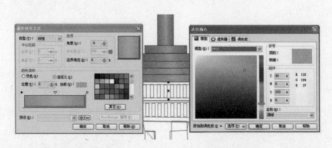

图 8-2-10　渐变填充电视塔中部（二）

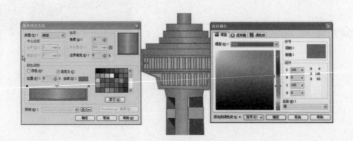

图 8-2-11　渐变填充电视塔底部

　　Step 4　框选全部渐变填充对象，并对其进行群组（快捷键Ctrl+G），即完成电视塔绘制，如图8-2-12所示。

图 8-2-12 完成电视塔绘制

2．南京阅江楼绘制

南京阅江楼绘制的具体步骤如下：

Step 1 选择贝塞尔工具绘制阅江楼主体上部屋顶，如图8-2-13所示。

Step 2 选择贝塞尔工具绘制阅江楼主体建筑及其他群楼屋顶，如图8-2-14所示。

Step 3 选择贝塞尔工具进一步绘制阅江楼主体建筑及群楼屋檐部分，如图8-2-15所示。

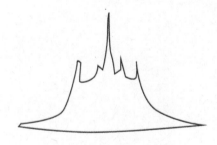

图 8-2-13 绘制阅江楼
屋顶

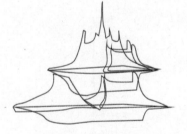

图 8-2-14 绘制阅江楼
主体建筑及屋顶

图 8-2-15 逐步绘制阅江楼
主体建筑及群楼屋檐

Step 4 选择贝塞尔工具和矩形进一步绘制阅江楼主体建筑及底层柱体部分，如图8-2-16所示。

Step 5 选择贝塞尔工具和矩形进一步完成阅江楼主体建筑及细节绘制部分，如图8-2-17所示。

Step 6 选择阅江楼群楼的屋顶（屋檐）部分运用填充工具对其进行填充，如图8-2-18所示。

图 8-2-16 绘制阅江楼底层柱体部分

图 8-2-17 完成阅江楼绘制

图 8-2-18 填充阅江楼群楼屋檐

Step 7 选择阅江楼群楼的主体建筑部分运用填充工具对其进行填充，如图8-2-19所示。

Step 8 选择阅江楼柱体建筑及细节部分运用填充工具对其进行填充，如图8-2-20所示。

Step 9 框选全部阅江楼主体建筑、屋顶（屋檐）及细节部分将其进行群组并去除其轮廓线。至此，阅江楼绘制及颜色填充均完成，如图8-2-21所示。

图 8-2-19 填充阅江楼群楼主体建筑　　　图 8-2-20 填充阅江楼主体建筑及细节部分　　　图 8-2-21 群组全部对象

3.新城市主题楼单体绘制

新城市主题楼单体绘制的具体步骤如下：

Step 1 选择矩形工具和贝塞尔工具绘制建筑单体，绘制窗户对象并对其进行等距复制，如图8-2-22~图8-2-24所示。

 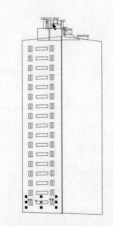 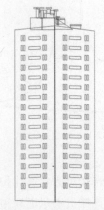

图 8-2-22 绘制建筑单体　　　图 8-2-23 复制窗户对象　　　图 8-2-24 完成建筑单体绘制

Step 2 选择建筑顶部矩形对象，根据其形体透视规律选择颜色填充工具分别对其进行不同色相颜色填充，如图8-2-25、图8-2-26所示。

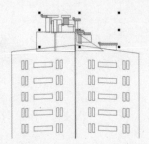 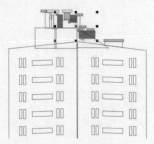

图 8-2-25 填充建筑单体顶部　　　图 8-2-26 填充不同色相颜色

Step 3 选择建筑单体主体建筑部分两侧面墙体对象，根据其形体透视规律选择颜色填充工具分别对其进行不同色相颜色填充，如图8-2-27、图8-2-28所示。

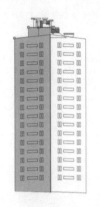 

图 8-2-27　填充建筑主体左侧墙体　　　　　　　图 8-2-28　填充右侧墙体

Step 4　选择墙体建筑窗户部分运用填充工具对其进行颜色填充，如图8-2-29所示。

Step 5　选择整个建筑主体，对其进行群组并去除其轮廓线。至此，完成绘制新城市主题楼建筑单体，如图8-2-30所示。

 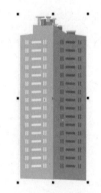

图 8-2-29　填充墙体窗户　　　　　　　　　　图 8-2-30　完成主题楼单体设计

4．碉堡楼单体绘制

碉堡楼单体绘制的具体步骤如下：

Step 1　在原先绘制的新城市主题楼单体上加盖锥型顶便成为碉堡楼单体，选择贝塞尔工具绘制碉堡楼单体顶面，如图8-2-31所示。

Step 2　选择填充工具分别对碉堡楼单体顶面进行颜色填充，颜色参数如图8-2-32、图8-2-33所示。

 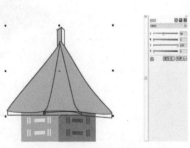 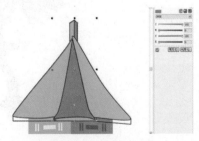

图 8-2-31　绘制碉堡楼单体顶面　　　图 8-2-32　填充碉堡楼单体顶面　　　图 8-2-33　填充颜色参数

Step 3 完成碉堡楼单体顶面颜色填充并去除其外轮廓，如图8-2-34所示。

Step 4 选择新城市主题楼建筑单体，更换其色相，并将锥型顶面置于主题楼上面。至此，完成碉堡楼设计，如图8-2-35所示。

图 8-2-34 完成碉堡楼单体顶面

图 8-2-35 完成碉堡楼设计

5．树木单体绘制

树木单体绘制的具体步骤如下：

Step 1 选择贝塞尔工具绘制树木，绘制过程中注意枝叶和树干的层次感，如图8-2-36所示。

Step 2 选择树木主干并运用填充工具对其进行颜色填充，如图8-2-37所示。

图 8-2-36 绘制树木

图 8-2-37 填充主树干

Step 3 选择树叶部分并运用填充工具对其进行颜色填充，如图8-2-38、图8-2-39所示。

图 8-2-38 填充树叶

图 8-2-39 填充树叶增加层次感

Step 4 选择树叶、地面植物以及枝干部分并运用填充工具分别对其进行颜色填充，完成树木绘制并去除其轮廓线，如图8-2-40、图8-2-41所示。

图8-2-40 填充地面植物及枝干　　　　　　　　图8-2-41 完成树木绘制

Step 5 同理，选择贝塞尔工具绘制树木，绘制过程中注意枝叶和树干的层次感，如图8-2-42、图8-2-43所示。

图8-2-42 绘制树木　　　　　　　　　　图8-2-43 填充部分树叶

Step 6 同理，选择树叶以及枝干部分并运用填充工具分别对其进行颜色填充。至此，完成树木绘制，如图8-2-44～图8-2-46所示。

图8-2-44 填充主干　　　　图8-2-45 填充部分树叶　　　　图8-2-46 完成树木绘制

Step 7　为了增加层次感，在楼群之间添加适当的树木，选择贝塞尔工具绘制丛林并运用填充工具进行填充，如图8-2-47～图8-2-50所示。

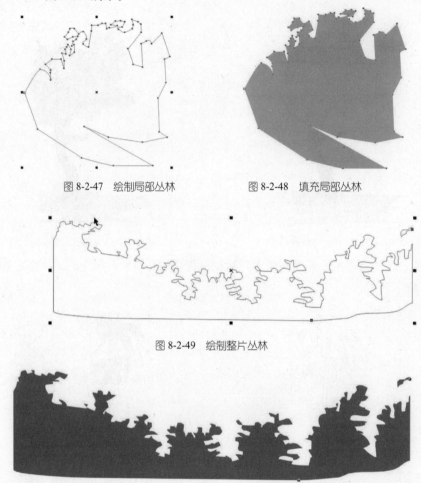

图 8-2-47　绘制局部丛林　　　　　　　图 8-2-48　填充局部丛林

图 8-2-49　绘制整片丛林

图 8-2-50　填充整片丛林

Step 8　选择原先绘制完成的新城市主题建筑单体、阅江楼建筑、碉堡楼单体以及植物树木，运用形式美法则进行有序的组合，形成一定的层次感，并将其进行群组（快捷键Ctrl+G），作为绿色南京主题建筑景观的一部分，如图8-2-51、图8-2-52所示。

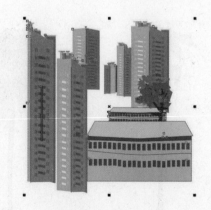

图 8-2-51　有序组合建筑和植物　　　　图 8-2-52　建筑群体组合部分

Step 9　综合所有对象，相互有序组合，作为绿色南京主题建筑景观的重要部分，如图8-2-53所示。

图 8-2-53　主题建筑景观

6．海报背景绘制

海报背景绘制的具体步骤如下：

Step 1　选择贝塞尔工具绘制两根平行线条，其中一根颜色为蓝灰色，一根为10%黑色，选择交互式调和工具对这两线条进行调和，效果如图8-2-54所示。

Step 2　选择其中一根为10%黑色线条并将其改成白色，运用交互式调和工具对白色线条与蓝灰色线条进行调和，效果如图8-2-55所示。

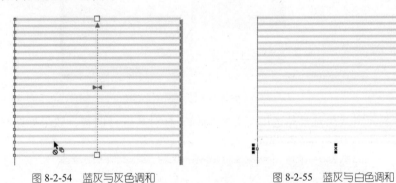

图 8-2-54　蓝灰与灰色调和　　　　　　　　图 8-2-55　蓝灰与白色调和

Step 3　选择已交互式调和对象，在其属性栏中更改数值为200，则渐变调和效果更为明显，效果如图8-2-56所示。

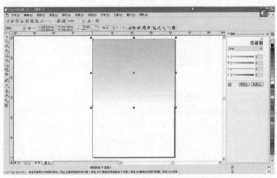

图 8-2-56　更改调和数值

Step 4 选择贝塞尔工具绘制消失在天边的山峦，并选择填充工具对其填充颜色，效果如图8-2-57所示。

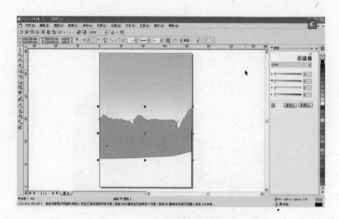

图 8-2-57 绘制远处山峦

Step 5 选择贝塞尔工具绘制天空云层，并选择填充工具分别对其填充颜色，效果如图8-2-58所示。

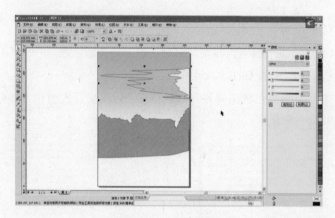

图 8-2-58 绘制云层

Step 6 选择绘制天空云层对象并运用交互式调和工具对其进行调和，效果如图8-2-59所示。

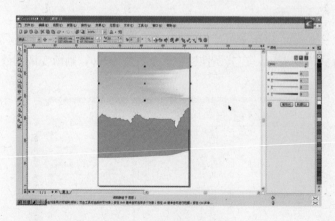

图 8-2-59 调和云层

Step 7 选择绘制天空云层及山峦对象，去除轮廓并将主题建筑景观置于背景上，效果如图8-2-60、图8-2-61所示。

图 8-2-60 完成背景效果

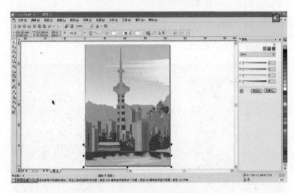

图 8-2-61 主题建筑景观合并背景效果

Step 8 选择文本工具添加应有的文字并导入主题标志,一并将其排版于海报上。至此,以绿色为主题的海报就完成了,效果如图8-2-62、图8-2-63所示。

图 8-2-62 添加文本并导入标志

图 8-2-63 添加宣传标语

8.3　上　机　练　习

上机练习设计海报，效果如图8-3-1所示。

1. 利用工具箱中的矩形工具在页面中绘制手机主体。

2. 再利用工具箱中的形状工具进行调整。

3. 利用工具箱中的填充工具进行填充。

4. 利用工具箱中的贝塞尔工具，勾画出手机的明暗关系。

5. 利用工具箱中的文本工具绘制海报文本内容。

6. 利用工具箱中的交互式透明工具绘制手机倒影。

7. 最后再进行相应的细节绘制，得到如图8-3-1所示的效果。

图 8-3-1　海报

参 考 文 献

[1]　魏学智. CorelDRAW 12 中文版经典创作案例 [M]. 北京：科学出版社，2005.

[2]　崔燕晶. CorelDRAW 11 标准教程 [M]. 北京：中国青年出版社，2004.

★现代艺术设计类"十一五"规划教材

1. 室内设计专业

室内装饰材料与施工	9787508438948	38.00
室内公共空间设计	9787508434575	36.00
设计速写	9787508433554	18.00
室内手绘表达	9787508431482	38.00
室内设计基本原理	9787508431055	38.00
设计制图	7508431081	28.00
人体工程与室内设计	9787508425863	38.00
视觉传达与装饰效果	7508426436	35.00
建筑与环境艺术计算机制图	7508433858	42.00
家具设计与生产工艺	9787508457420	39.00
室内装饰工程预算与投标报价	9787508455549	22.00

2. 环境艺术设计专业

素描	9787508442174	22.00
平面构成	9787508445205	32.00
色彩构成	9787508443706	30.00
立体构成	9787508445977	28.00
环境艺术设计手绘表现技法	9787508445625	38.00
家具与陈设	9787508444758	22.00
室内设计	9787508447551	38.00
室内照明设计	9787508446462	39.00
展示艺术设计	9787508446479	32.00
环境景观设计	9787508446486	38.00
设计色彩	9787508446257	42.00

室内设计手绘表现技法	9787508450353	39.00
3DS MAX9 环境艺术设计表现实例教程	9787508448886	35.00
建筑速写	9787508451671	26.00
Photoshop环境艺术设计表现实例教程	9787508456812	39.00

3. 景观(园林)设计专业

景观小品设计	9787508449715	37.00
园林施工组织与管理	9787508446509	22.00
景观规划设计方法与程序	9787508446516	40.00
园林植物保护与养护	9787508446523	48.00
城市景观设计	9787508446530	38.00
建筑公共空间景观设计	9787508450636	39.00
庭院绿化与室内植物装饰	9787508449401	28.00
景观设计(风景园林)专业英语	9787508453842	38.00
园林设计CAD教程	9787508458854	25.00
景观园林制图	9787508456836	20.00

★ 设计专业实践指导丛书简介

家具设计分析与应用	9787508445601	38.00
景观设计理念与应用	9787508446554	39.00
室内装饰色彩分析与应用	9787508450346	38.00
标志设计分析与应用	9787508451954	35.00
展示设计理念与应用	9787508455532	38.00

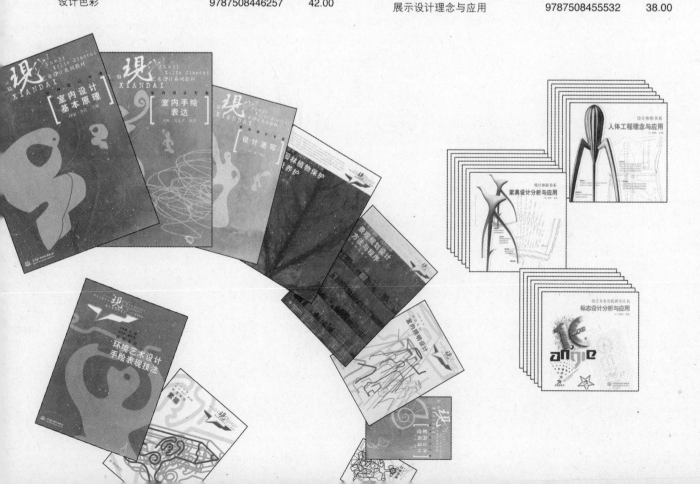